U0075030

少年廚俠 3

消失的魔石

文/ 鄭宗弦

圖/ 唐唐

目錄

作者序　結合「美食」與「武俠」的冒險之旅　文／鄭宗弦　5

推薦序　美食・俠義・經典・神話——不可不看的好小說！　文／朱嘉雯　10

第一章　涿鹿之戰　18

第二章　軒轅石和蚩尤石　31

第三章　謎樣人物現身　41

第四章　白衣人的眞實身分　48

第五章　借用軒轅石　58
第六章　慶功宴上的眞凶　68
第七章　大宅院裡的祕密　81
第八章　芹二爺的辛酸淚　98
第九章　穿越靈幻界　112
第十章　誰是假姑娘　121
第十一章　搜索大觀園　129
第十二章　虎魔的反擊　138
第十三章　眞相大白　154

第十四章　劫富濟貧的義賊　171
第十五章　善行鑄成大錯　181
第十六章　第三道神菜　192
第十七章　神祕的大樓　207

作者序

結合「美食」與「武俠」的冒險之旅

文／鄭宗弦

我曾在粉絲團上宣告想寫一套少年小說，讓辛苦做菜的媽媽好好休息，改由孝順的孩子做菜給媽媽吃。恰好親子天下的編輯來信邀請合作，我便闡述了這一小說系列的創作理念，並提出創作計畫。兩方一拍即合，隨即著手創作這一套少年武俠小說。

少年武俠小說？

是的，您沒有看錯，這是集合老、中、青、少廚師們，所共同演出的少年武俠小說。

煎、煮、炒、炸、蒸、燴、溜、燙、烤、焗、爆、煲、氽、熬、煨、燒、燜、燉……廚師做菜的十八般廚藝，刀技火候，水裡來火裡去的，都讓人產生武功的聯想。因此我讓書中的廚師具備頂尖武功，主人翁志達的母親是鼎鼎有名的總鋪師，在家學薰陶之下，志達也擁有武藝與廚藝的龐大潛力。

我生長在糕餅之家，從小跟著家人製作麵包、蛋糕、紅龜粿等點心，了解從事飲食工作者的辛苦，而廚師又比起點心師父更加艱辛，刀子、爐火都容易使人受傷，油煙更會害他們生病，他們在為大眾創作出美味、帶來幸福的同時，往往犧牲了健康與安全。

廚師們創作出經典名菜，不僅滿足人們的口腹之欲，也提供美談讓人樂道回味，人們總說中華料理博大精深，卻忘了這是歷代廚師們勞苦的累積。然而古代廚師的社會地位低下，知識份子雖然用文字記錄了美食，卻很少為廚師作傳記。我寫這一系列的目的，便是想藉由有趣的故事，來表揚廚師們的貢獻。

這是一趟飲食文化的探索之旅

中華料理因幅員廣大，大略分為閩、浙、粵、魯、蘇、湘、徽、川，八大菜系。我讓主角穿越時空，帶領讀者一探名菜發明的起源。

許多名菜的典故成為膾炙人口的故事，稍加改編便能引人入勝。但有些名菜或許是一地風俗，社會集體的創作，或是佚失了發明人與相關情節，而沒有專屬於它的故事，我希望能藉由這個系列來彌補這個缺憾。

這也是一趟探索武功的冒險之旅

中醫主張「藥食同源」，又說「五味入五臟」，因此調和平日的飲食就是養生的良藥。中醫認為精、氣、神、血為人體能量之源，氣為血之帥，血為氣之母，穴道與經絡是能量匯聚之處，正確的呼吸與運動能使能量在身體運作順暢，甚至衍生出更強的能量。進一步衍生出功夫、運氣、掌風，乃至隔山打牛、隔空抓物等有如特異功能的武功說法，讓人產生許多浪漫的想像。

這又是一趟感受俠義的體驗之旅

我看到許多喜歡閱讀的孩子，想要閱讀有關充滿想像力的大部頭書籍，選擇了市面上的武俠小說。然而武俠小說是為成人而書寫的，又有「成人的童話」之說，其中刀光劍影，江湖恩怨的情節太深沉，並不適合少年兒童閱讀。

韓非子說：「俠以武犯禁。」古代的俠客救急扶危，愛打抱不平，有時放蕩不羈，違法犯紀，這樣的俠客並不是孩子學習的典範。我想創作一套專門為孩子而寫的武俠小說，將「武」的部分控制在暴力範圍之內，而「俠」的部分，撇除任性的違法，而導向濟弱扶傾，輕財重義，伸張正義的利他行為。

這還是一趟族群文化的融合之旅

八大菜系之外，我還想在故事中加入京菜和臺菜。

北京城是中國歷史上最後一個王朝的政治中心，來自各地各省的達官貴人匯聚在此，必然會衍生出豐富的飲食文化。而臺灣經歷過荷蘭、明鄭、清朝、日本等政權的統治，飲食文化都有各國的遺留。加上西元一九四九年國民政府遷移到臺灣，帶來各省一百多萬軍民，也把各地的飲食文化帶過來。這些人當中不乏資本家、大地主、高官和滿清遺老，這段歷史也讓中國各地精緻高級的宴客大菜都在臺匯聚，使臺灣成為中華飲食文化的大熔爐。

這一套結合「美食」與「武俠」，由功夫高深的廚師們一同演出的「美食派少年武俠小說」已經上場，請跟著主角們一起縱橫古今，吃喝玩樂，伸張正義吧！

推薦序

美食・俠義・經典・神話
——不可不看的好小說！

文／國立東華大學華語文中心主任　朱嘉雯

《少年廚俠》是一部很精采的小說，它不僅結合了豐富多元的飲食文化與生動有趣的武俠演義，同時還穿越古今，與《紅樓夢》的作者曹雪芹互動頻繁，以至情節曲折離奇，讀之令人心動神馳！

事實上，武俠與飲食的結合，乃是一項優秀的華文文學傳統。武俠小說宗師金庸在《射鵰英雄傳》、《笑傲江湖》等作品中，早已突出作家本人對淮揚菜系的欣賞，同時也讓小說人物藉由料理功夫來參透武學精神。其中最著名的段落是黃蓉為了讓郭靖學會降龍十八掌，而每天變換菜色來試圖得到丐幫幫主洪七公的青睞。他的「二十四橋名月夜」、「玉笛誰家聽落梅」、「好逑湯」……等，不禁令老幫主垂涎三尺，更叫讀者們心悅誠服在文學的想像世界裡，流連再三，閱讀之餘，多希望能夠像洪七公一般，親自品嚐到這些佳餚美點。果不其然，如今華人世界各大餐飲好手，競相以推出金庸武俠宴為熱點，讓食客們在舌尖上重新領略了武俠小說的迷人境界。

另一位武俠小說的大作家古龍，成長在香港，因此對於粵菜亦相當熟稔。《楚留香傳奇》裡的女主角之一宋甜兒，本身就是廣州人。常言道：「吃在廣州」，甜兒絕對是烹製粵菜的高手，書中寫道：「盤子有兩隻烤得黃黃的乳鴿，配著兩片檸檬，幾片多汁的牛肉，半隻白雞，一條蒸魚，還有一大碗濃濃的番茄湯，兩盅臘味飯，一滿杯紫紅的葡萄酒，杯子外凝結著水珠，像是已冰過許久……。」這麼一位情態嬌憨、心地純真善良的女子，卻又能夠聰明伶俐、蕙質蘭心的設計出各式餐點與菜色來。她的形象恐怕即使翻遍了《紅樓夢》，也找不出可與之媲美的金釵呢！不僅如此，品味出眾的楚留香甚至評價道：「宋甜兒做的素齋，遠在真正出家的和尚無花之上！」

武俠與美食的絕配，其來有自。它不僅滿足了讀者們的口腹欲望，同時也充實了大家對俠義世界的精神想像！《少年廚俠》更有趣之處，在於它打開了一個水墨畫般的神話天地，以軒轅氏與蚩尤大戰三百多回合，拉開了猶如史詩巨擘般電影廣角的遼闊場景，作者讓兩頭巨大的神獸展開翻天覆地的世紀爭奪戰。我們便是在這場充滿感官刺激的浩劫災難中，看到了貫穿全書的重要物件——兩顆靈石。

故事中說道：「這兩顆靈石並非憑空而來，而是上古時代女媧煉石補天所剩下來的石頭。傳說水神共工和火神祝融素來不睦，在一場激烈的大戰後，共工戰敗，羞憤之下去撞不周山，導致『天』跟著陷落，破了一個大洞。天河裡滾滾的洪水從天而下九萬尺，造成大地一片汪洋，生靈塗炭。

「女媧不忍心看人們受苦，便向祝融取火，用猛火烈焰煉製石頭補天。女媧煉出了三萬六千五百零二顆五色石，終於把天補起來了，卻剩下兩顆沒有用上。這兩顆石頭在冷卻之後，濃縮形成了雞蛋般大小的燧石，又因緣際會落入了軒轅和蚩尤的手中。」

原來這也是《少年廚俠》融入《紅樓夢》作者曹雪芹與同時期才子袁枚家家傳菜譜的起始。於是，從紅燒燉肉味最濃鹹、帶骨甲魚淡一點、蘿蔔絲煨魚翅又半鹽、蜂洞糕少鹽，八寶豆腐微鹹，到最後無鹽的雞湯……，則又是古典美味料理的現代示範。《少年廚俠》集美食、俠義、古典、神話於一體，作者鍛鍊故事的功力爐火純青，是值得我們細細品味的好小說。

登場人物介紹

林志達

少年廚俠之一。從小受父母的影響，希望有天可以成為行俠仗義的廚俠。在得到千年老麵的力量後，穿越回到古代，從兩道神菜中體會到「包容」和「正義」的美德。

陳淑美

臺南新府城辦桌團的團長，善使「米葉六劍」，為了調查某起事件的真相而角逐幫主大位，不料卻中了五毒，全身經脈寸斷，需要「全脈神功」才有機會痊癒。

王小余

清朝乾隆年間人，擅於烹飪，也是歷史上唯一一個死後有傳記的名廚。因為一個神祕的錦囊，透露出他和消失的蚩尤石有密切的關連。

蒙面人

在陳淑美遇害那天，出手協助噬血魔脫身的神祕男子。蒙面掩蓋了他的真實身分，但可以看出他武功高強，內力深不可測。

湯之鮮

灶幫前任幫主，二十多年前因一起意外不幸身故，「全脈神功」也因此失傳，後來由范衛襄接掌幫主一職。

第一章 涿鹿之戰

轟隆！轟隆！

一道道閃電竄出烏雲降下地面，像是惡魔伸出爪子貪婪的在撈取人命。

閃光映出荒地上兩方對峙的大批兵馬，一邊的領袖是軒轅，另一邊是蚩尤，這是他們為了逐鹿中原爭奪帝位，所發動的第三百三十三場戰鬥。

「上回戰役我敗給你，但我逃離之前明明用迷霧困住你的軍隊，為何三個月後你就能突破封鎖？」蚩尤氣急敗壞的說。

軒轅伸手一指，一輛奇特的車子從後方自動行駛上前。

「我軍確實迷路了，但我發明了指南車，辨認出方位。」軒轅笑著說。

蚩尤的性命。蚩尤的部隊見群龍無首，紛紛棄械投降。

青熊拿出口中的石頭，恢復成軒轅。士兵們將他高高舉起歡呼，奉他為中原第一霸主軒轅黃帝。

原來軒轅是青熊轉世，蚩尤是紅牛轉世，兩人藉由靈石加持，釋放出龐大的動物靈能。而歷經數百場戰鬥，青熊和紅牛的靈力也分別融入各自的靈石中。

這兩顆靈石並非憑空而來，而是上古時代女媧煉石補天所剩下來的石頭。

傳說水神共工和火神祝融素來不睦，在一場激烈的大戰後，共工戰敗，羞憤之下去撞不周山，導致「天」跟著陷落，破了一個大洞。天河裡滾滾的洪水從天而下九萬尺，造成大地一片汪洋，生靈塗炭。

女媧不忍心看人們受苦，便向祝融取火，用猛火烈焰煉製石頭補天。女媧煉出了三萬六千五百零二顆五色石，終於把天補起來了，卻剩下兩顆沒有用上。這兩顆石頭在冷卻之後，濃縮形成了雞蛋般大小的燧石，又因緣際會落入了軒轅和蚩尤的手中。

軒轅在消滅了蚩尤之後，認為天下不再有戰事，便將石頭藏進一個山洞中，後人稱之為軒轅石；而另一顆石頭名為蚩尤石，因為灌注了蚩尤死前滿腹的怒氣和不甘，時時刻刻都想增強靈力來報一箭之仇。

兩顆石頭輾轉流傳，直到兩千年之後，商紂王得到蚩尤石。

紂王原本就自私荒唐，受了靈石的影響後，叫人在地上挖池子，裡面灌入美酒，然後跟美女在上面划船飲酒；又叫人把烤好的肉片掛在樹上，像是肉林子一般，隨時享用。

群臣覺得紂王太奢侈無度，紛紛勸諫，尤其比干更是大力抨擊，讓紂王覺得非常厭煩。後來紂王豢養了豺、狼、虎、豹、獅等五頭猛獸，為自己增添威勢，並且把比干等忠臣處死，藉此殺雞儆猴。果然群臣噤若寒蟬，不敢再多說一句。

少了臣子的阻撓，加上石頭靈力的感染，紂王變本加厲，每日以鮮血餵養五頭猛獸，而那五頭猛獸也漸漸幻化為以血傳魔的噬血魔，為日後天下蒼生帶來無窮的後患……

＊＊＊

秦王政二十六年，秦始皇在蚩尤石的幫助下統一天下，但他非但不以擁有天下為滿足，還貪圖長生不老。他聽信道士所言，想吃龍心炙、鳳舌滷、麒麟腿作為仙藥，每每令廚子去獵捕烹煮。廚子們根本辦不到，一一被判了死罪。

庖癸是秦始皇手下的一名御廚，他長得高大英挺，氣宇軒昂，一雙濃眉下兩眼炯炯有神，透出勇敢果決的氣質，寬厚的雙脣和謙和的微笑，讓人感受到他內心的仁慈敦厚。

庖癸是戰國時代魏惠王的廚子庖丁的六世孫，他傳承了祖先的宰牛功夫，能順著動物肌肉紋理來下刀，巧妙的斷筋、斷肉、斷骨卻絲毫不傷刀刃，永遠不需要磨刀，備受到其他廚子們的尊敬和推崇。

受到秦始皇的壓迫，庖癸不願坐以待斃，便跟著一群廚子起來抵抗暴政，然而他們不敵軍備精良的秦軍，被迫逃往山上，躲進山洞裡。

這時，庖癸不經意看見地上有顆雞蛋大小的石頭，好奇的撿起來察看。剎時間洞內大放光明，身旁的廚子同伴們全都不見了，眼前是一片廣場，數十萬將士在廣場中呼著口號，歡天喜地的凱旋而歸。

「這是什麼情況？」他驚訝的叫出聲。

「庖癸，你怎麼了？」旁人喚他。

「我……」他一回頭，眼前的畫面瞬間消失。他愣了一會兒，指著石壁對旁人說：「你們有看到軍隊凱旋的畫面嗎？有數十萬大軍，剛剛就在那兒。」

「你做什麼白日夢？這山洞裡黑漆漆的，能有什麼畫面？」

「山洞雖不小，但頂多容納五百人，怎麼可能有數十萬大軍？你是不是這幾天顧著逃亡，出現幻覺了？」

「可是……」庖癸握緊石頭，把眼睛一閉，同樣的情景再度出現在腦海中。

他猛然張開眼睛，盯著手上的石頭，心中大喊不可思議。

他把石頭揣進懷中，不再對人說起這件事。

那天夜裡就寢時，他在夢中看見自己在灶房裡忙碌，這時一群秦軍揮舞著兵器殺進來，高喊著：「消滅逃犯——」緊接著刀光劍影，哀號四起，一把尖刀朝他刺過來，他急忙閃身……

他從惡夢中驚醒，發現自己渾身大汗。

數日後秦軍就會搜索到這裡……

「誰？」庖癸看看四周，月光灑在洞門外，反射了部分光線進到洞裡，只見大家都在呼呼大睡。

你們在山洞前的兩個大石間挖壕溝，做陷阱……

那聲音又出現了。

他恍然知覺，不是人在對他講話，而是在他腦中自動浮現的聲音。

「大家起來，秦軍就要來了，快起來應戰。」他急忙喚醒大家。

「啊！什麼？」眾人嚇得要奪洞而出。

「不要跑，大家聽我說。」庖癸急忙喚住他們，誠懇的說：「秦軍如狼似虎，如果一味逃跑，只是讓他們加快追捕我們的腳步。如今不能再逃了，必須正面迎戰。」

「怎麼迎戰？他們武器精良，我們只有幾把破菜刀。」一個老者說。

「前方只有一條路通往這個山洞，我們在那裡挖壕溝，然後在上面覆蓋樹枝、枯葉和泥土，偽裝成平地，秦軍路過便能讓他們摔進去。」庖癸說出他的計畫。

「沒有鏟子怎麼挖土？」又有人問。

「我來示範給你們看。」他帶大家出洞，靠著月光的照明，用菜刀砍下樹木，再把樹幹削尖後挖土，不一會兒便挖出一個小坑洞。

「真的可以！」大家看了紛紛效仿。

不久天亮了，眾人更加起勁，花了一天一夜，終於做出十尺深的壕溝陷阱。

隔天清晨，他們躲進山洞，太陽昇起不久後便聽到洞外傳來哀號聲。

「哎呀！怎麼會摔進這兒？」

「我們中了埋伏了！」

眾人拿著菜刀衝出去，不僅消滅數百位秦軍，還奪走了他們的武器。庖癸帶領著廚子們一路打下山去，最後順利逃出秦帝國的統治範圍，遁入山林過著自給自足的生活。

直到日子漸漸穩定下來之後，有天庖癸提議：「大家組織一個團體來互相扶持。你們看怎麼樣？」

「好啊！」眾人附和。

「我們的祖師爺是灶王爺，不如我們就自稱為『灶幫』吧！」

「這個名稱很貼切。」

大家聽了都應聲贊同。

「我們能躲過秦軍的追殺，都要歸功於庖癸及時鼓舞大家，我提議由他擔任幫主。」一位老者說。

「我也支持庖癸。」

「我效忠庖癸。」

在眾人推崇之下，庖癸當上了灶幫的第一任幫主。

那天晚上，他在夢中看見了神靈交戰的畫面。

軒轅和蚩尤相戰，他看見雙方利用靈石，化身為青熊和紅牛在纏鬥。

「咦？難道這石頭是其中之一嗎？」他驚訝自問。

「是的，你的這顆石頭就是軒轅石，另一顆叫做蚩尤石。」冥冥中有人回答他的疑問，「由於女媧的靈力加持，加上祝融大火的強力鍛鍊，它們只要搭配祝融通古神咒，都具有穿越古今的神奇靈力。」

接著，他聽到一長串的咒語：「雷金流火，天地玄黃，元祖叱吒，萬古流芳，天清清，地靈靈。」

醒來之後，他默默把咒語記下來，每日誦唸數次，以免忘記。

庖癸帶領的這幫廚子在山林沉潛了十多年，這期間，在日日劈柴燒灶的過程中，彼此切磋砥礪，漸漸悟出了穴道經脈、內力聚氣與氣血循環等，人體小周天對應宇宙大周天循環的道理，也藉著廚藝的操作發展出強身健體的基本武功。

鴻門宴過後，蚩尤石流落到了項羽之手，原本就剛愎自用的他，變得凶狠殘暴、盡失民心。灶幫聽到民間傳來這些消息，對項羽十分失望，因而在庖癸的帶領下離開山林，歸順劉邦的漢軍來對抗項羽的暴政。

楚漢相爭期間，項羽靠著蚩尤石打了不少勝仗，庖癸也憑著軒轅石相助，提供劉邦許多良策，滅了很多楚軍。最後是軒轅石略勝一籌，劉邦成功擊敗項羽建立了漢朝。到此時，蚩尤石已經跟軒轅石爭鬥了兩千五百多年。

在那之後，灶幫約定每二十年進行一次武藝大會，選出繼任的幫主，並以軒轅石為灶幫的信物，代代相傳，至今也歷經了兩千多年。

這兩千多年間，蚩尤石時而流落民間，時而落入統治者手中。當它被黎民百姓拾獲時，頂多使小人利慾薰心，做出一些小奸小惡，但如果擁有它的人是一國之君，往往會使人民遭受荼毒，也為守護軒轅石的灶幫帶來許多威脅和壓力。

歷代幫主多是廚藝和武藝兼備的一流廚俠，其中成功力抗蚩尤石，最為後人所稱道的當屬尤瑜庚和洪翻茄的兩段故事。

第二章 軒轅石和蚩尤石

尤瑜庚是隋煬帝時的灶幫幫主，他性喜自由，熱情豪放，常四處遊歷、行俠仗義。

隋煬帝原是謙恭謹慎、儉樸低調的人，但自從收到民間進獻給他的蚩尤石之後，他的心性起了巨大的變化。他大興土木建東都，又發兵征戰，好大喜功，勞民傷財，百姓苦不堪言。聽說江南有很美麗的瓊花，他便不惜耗費鉅資，動用數十萬民工開闢貫穿南北的大運河，下江南遊揚州。

他在欣賞了瓊花之後，又到處玩賞江南美景，流連忘返。

這一天他回到行宮，突發奇想要拿廚子開刀。

「來人！」

「奴才在。」隨身的大太監上前聽令。

「這幾日遊覽江南各地，朕最喜歡萬松山、金錢墩、象牙林和葵花崗，這幾處風景最是奇美秀麗。去！叫御廚按這四大美景來料理。」

「啊？」大太監錯愕的說，「用菜來模仿美景？這不容易啊，皇上。」

「少囉唆！快交辦下去。」隋煬帝斥喝。

御廚們一聽便知道大難臨頭，個個如喪考妣，因為隋煬帝脾氣暴躁，若不順他的心意，必死無疑。他們提著腦袋搜索枯腸，千思萬想，有用松葉入菜的，有用銅錢當盤飾的，也有人把象牙磨粉混入菜餚，還有人用葵花子煮成羹湯，都做不出令皇上滿意的料理，紛紛被賜死。

殺光了御廚，隋煬帝還不死心，改徵調民間的廚子來做這件事。當時尤瑜庚就在揚州附近旅行，他聽到消息非常悲憤，想拯救可憐無辜的廚子們。

當天晚上，他在睡夢中看見有隻青熊的身影閃過，接著青熊就在那四大美景前浮現，彷彿在引導他欣賞那些錦繡河山。他了解這是軒轅石的靈力提示，醒來後體悟到許多靈感，因而設計了四道菜色。

他前往揚州，主動聯繫那些受到徵召的廚子，表明要和他們一起去行宮做菜。

「尤幫主，別人想逃都來不及了，你竟然自己送上門來。」一位廚子苦著臉對他說，「我雖然敬佩你的俠義之心，卻也為你擔心啊！萬一你也被賜死，我們灶幫後繼無人，那可怎麼辦？」

「你放心，我有信心可以讓皇上滿意。」尤瑜庚自信的說，「請你幫我準備鱖魚、大蝦、雞肉和豬肉，我自有辦法。」

廚子們趕緊去處理，眾人把食材備齊後便一起前往行宮。

來到行宮的灶房，尤瑜庚先把鱖魚切刀，卻不切斷，然後上漿裹粉去油炸，炸得整條魚蓬鬆得有如一隻毛茸茸的松鼠，然後淋上勾芡的醬汁。

他又把蝦子去殼擦乾切碎，加入荸薺末、蛋黃、蔥花，調味後包入豬網油裡面，捲成長條後蒸熟，再切成圓餅狀去油炸。

接著，他把雞胸肉切成條狀，跟油菜一同翻鍋熱炒。

最後，他用雙刀大斬，把肥瘦各半的豬肉剁成肉泥，在雙掌中來回托拍成緊實的球狀，油炸後加醬汁去燒燉。

做完之後，他親自把四道菜獻給隋煬帝。

隋煬帝冷冷的看了一眼，問說：「這是什麼名堂？」

「這第一道菜叫松鼠鱖魚，這蓬鬆的松鼠模樣就像繁密挺直的松葉叢，可以對應皇上喜歡的萬松山。」尤瑜庚不疾不徐的介紹，「第二道菜是金錢蝦餅，堆疊在一起像個小山，就像第二個美景金錢墩。」

「有意思。」隋煬帝被激起好奇心，靠近這些菜，認真欣賞起來。他舉起筷子吃了以後，眼睛一亮說：「這鱖魚外酥內嫩，伴著香甜的醬汁，真不錯。這蝦餅外皮香酥，內餡卻是鮮甜無比，有著不同層次的口感和美味。」

「第三道是油菜炒雞肉條，雞肉條炒過之後發出象牙般的潔白色澤，就叫象牙雞條，可以呼應滿山白樺樹的象牙林。而這大斬豬肉球，橘紅的色澤有如葵花崗上一望無際的葵花那般美麗，我叫它葵花大斬肉。」尤瑜庚繼續解說。

隋煬帝吃了這兩道菜，點點頭笑說：「嗯，甜美的雞肉伴著油菜微微的苦澀，可以清除前兩道菜在舌頭上留下的油膩感。最後這道豬肉大丸子入口即化，滿口都是濃濃的鮮肉香。吃了這四道菜彷彿又看見那四大美景了，歷歷在目。妙啊！妙啊！」

隋煬帝開心的吃完四道菜，然後賞賜尤瑜庚一大筆金銀珠寶。逃過死劫的廚子們紛紛喜極而泣，對尤瑜庚感恩不已。

尤瑜庚離開行宮之後，用那些金銀珠寶招兵買馬，並號召灶幫幫員加入反隋大軍，想一舉推翻暴政，可惜最後沒有成功。而隋煬帝在消除了造反的力量之後，更加肆意妄為，朝中大臣將領如果不順他的心意就有可能掉腦袋，個個戒慎恐懼。

沒多久，底下的武將便受不了他的瘋狂行徑，叛變殺了他。

＊＊＊

洪翻茄是元朝末年的幫主。

北方蒙古的鐵木真意外得到了蚩尤石，原本就驍勇善戰的他如虎添翼，征戰各部族，戰無不勝，很快統一北方的各部族，建立大蒙古國。

此後他將石頭傳給子孫，蒙古軍的鐵騎南下建立了大元帝國，成為中原第一個由非漢族建立的王朝。

大元皇帝讓蒙古人住進民家，沒收他們的刀具鐵器，要用時得登記領取，控制得非常嚴密。人民在高壓統治下，賦稅徭役苛刻，民不聊生。

這時由灶幫分支出去的二美派已改名為峨嵋派，點藏派也改名為點蒼派。

那一年，灶幫在蘇州郊外舉辦幫員大會，現場湧進了一千多人。

幫主洪翻茄正帶領大家向灶王爺的畫像上香獻祭，忽然從後方傳來人馬雜沓的聲音。大家好奇回頭，看見黃沙滾滾、煙塵瀰天。

「還有人沒到齊嗎？」幫主洪翻茄向一旁的長老耳語。

「南方各地的幫員應該都到齊了呀！」長老搖搖頭，疑惑的說。

「殺！」大批人馬衝刺過來，很快抵達眼前，領頭的竟然是高舉蒙古彎刀身披鎧甲的蒙古軍官，而他的部眾除了蒙古人還有許多漢人。

洪翻茄看見軍隊中一名副將很面熟，不禁大呼一聲：「楊陋盧？是他嗎？」

「報告幫主，峨嵋派的掌門楊陋盧勾結蒙古人，率領他的弟子前來攻擊我們。」前方得到消息的幫員們，此時趕來通報。

「難怪蒙古人會知道我們的聚會地點。可惡啊！他出賣了灶幫。」旁邊的長老氣憤的說。

「我灶幫的幫員們，警戒起來，準備戰鬥。」洪翻茄力貫丹田發號施令。

雙方亮出武器，短兵相接。灶幫幫員雖然個個具備武功，可是面臨意外的突襲，毫無心理準備，很快就不敵元軍，最終被打得落花流水，死傷慘重。

「不行！再這樣下去，灶幫將被趕盡殺絕。」洪翻茄一邊浴血奮戰，大喊說：「各位長老們，不要戀戰，我們得設法突破重圍，為灶幫留下一絲命脈。」

「好！」長老們趕緊聽令行事。

洪翻茄奮力在前頭開路，領著大家逃到山林裡。

等確認安全無追兵之後，洪翻茄與長老們悲痛的檢討這突如其來的戰役。

「我南方幫員原有一千八百多人，現在只剩一百零八人。莫非是天要亡我灶幫呀……」長老清點人數，老淚縱橫。

「蒙古人為什麼要消滅灶幫？」洪翻茄悲憤不已。

「蒙古皇帝自登基以來就想要殺掉會武功的人，以免他們造反。」一個長老說，「他故意讓江湖各大門派間互鬥相爭，彼此削弱勢力，好讓他們坐收漁翁之利。」

「楊陋盧曾和我把酒言歡，還一再推崇灶幫是他們峨嵋派的始祖，對我十分尊敬。怎麼會跟他們在一起呢？」洪翻茄納悶又沉痛，「難道漢人就沒有氣節了嗎？」

「高官厚祿總是誘惑人心。」

「不只如此，聽說蒙古皇帝還用『武林盟主』的寶座加以利誘。」

「唉！竟然背棄同宗同祖的同胞，跟外人聯合來欺壓自己人，可惡啊！」洪翻茄胸中有滿腔的怒火，卻又感到無比的淒涼。

當天夜裡，眾人都沉沉睡去，只有洪翻茄醒著。他在營火旁向灶王爺的畫像下跪，雙手握著軒轅石祈禱。

「灶王爺在上，我洪翻茄是灶幫的大罪人，不但沒能興盛灶幫，竟還差點被蒙古人趕盡殺絕。但現在不是懷憂喪志的時候，在此生死存亡之際，請您賜給我力量，幫助我跟異族對抗。」

他緊閉雙眼，漸漸的想出一條計策……

每到八月十五中秋佳節，漢人都會吃月餅，但蒙古人沒有這習俗。做月餅不必用到刀具，也不會驚動蒙古人。洪翻茄決定串連擅長製作點心的點蒼派，在製作月餅時塞進一張字條，號召全國民眾推翻元朝。

灶幫弟子暗中進行這項計畫，從南方慢慢往北串連。

第二年的中秋夜，蒙古人遭逢突襲，許多朝廷重臣在睡夢中被殲滅。各大門派在洪翻茄的領導之下組成義勇軍，終於一舉把蒙古人趕回北方。

從庖癸為始，軒轅石數千年來在灶幫幫主間傳承，一直到現在。

但蚩尤石則流離不定，時而在民間，時而在宮廷，據說它後來又流傳到明朝太監劉瑾、明末的民變領袖李自成、清初的權臣鰲拜……等人手中。

可是清朝乾隆年間，蚩尤石竟然莫名其妙的消失了，從此沒人再見過它，也沒有人再談起它……

第三章
謎樣人物現身

板橋市某安養院三樓的病房內，落地窗簾後靜靜的站立著一個黑影，窗外車子經過時，車燈的光線打在黑影上，顯露出一位白衣人。

牆壁上的時鐘滴滴答答的輕響著，但不管秒針帶動分針，分針牽動時針，時間像沙子在沙漏中不停落下，那白衣人就這樣紋風不動，耐心靜候著，彷彿站成了一尊沉默的雕像。

牆上的時鐘走到凌晨三點，窗外已經鮮少人車經過，護理站的護士也慵懶的打起盹，就連空氣中再也沒有音波晃動，白衣人終於從簾後緩緩走出，無聲無息的來到陳淑美的病床前。

陳淑美躺在病床上入睡，她眉心微蹙，緊閉的雙眼中眼珠左右轉動，不時還微微的動著臉頰，似乎在夢中看見什麼，又像在追逐什麼，儼然進入了熟睡階段。

「淑美，淑美，請醒醒。」白衣人輕輕搖著陳淑美的肩膀。

他連續搖她三次，陳淑美都沒有任何反應。

「想必是經脈寸斷，脖子下完全失去知覺的關係。」他改輕拍陳淑美的臉頰，「淑美，淑美，請醒醒。」

「嗯……」這一回陳淑美有反應了，她哼了兩聲之後微微張開眼睛，說：

「嗯，護士小姐什麼事……該吃藥了嗎？已經天亮了嗎？是不是我睡太久了？」

「抱歉必須吵醒你，我有重要的事情要告訴你。」白衣人懇切的說。

陳淑美聽見男子的聲音，猛然張開雙眼，豁然看見一張歷盡滄桑的臉孔。

「啊！你是……你是……」

「過了那麼久，你還記得我是誰嗎？」

「你……」陳淑美這時已經完全清醒，不自覺的點著頭放大了音量。「怎麼可能……你……」

白衣人擔心她嚷嚷大叫把護士引來，伸出食指熟練的在她喉頭附近點了一穴。陳淑美立刻張著嘴巴，眼睜睜的望著他。

「抱歉，我最近才聽聞你的悲慘遭遇，可惜我現在也無能為力，所幸志達幫你修復了兩組經脈。但你應該知道，有一股邪惡的勢力想傷害你，同樣也威脅著志達的安全，我非常擔心你們，因此才冒險現身，想來告訴你我所知道的事實。」

陳淑美一聽，臉上的表情和緩下來，眼神也變得柔和許多。

接著，白衣人開始娓娓道來，把軒轅石和蚩尤石這五千年來的爭鬥，以及灶幫的歷史，全都說給陳淑美聽。

「原來灶幫的第一任幫主是庖丁的六世孫，真想不到。」陳淑美訝異的說。

「啊！你的穴道已經解開了？」白衣人驚訝的說。

「不，你剛才點了我肺經上的中府穴，但我的肺經斷了，還沒修復，點穴自然起不了作用。」

「你怎麼不早說？」

「我剛剛聽得太入神了。你放心，我不會大聲說話引起值班護士注意，你不需要再點我的穴道了。」

「真抱歉。」白衣人點頭致歉。

「聽你說了這些，我雖然了解一些典故，但心中也激起千萬個疑問。嗯，我該從哪裡開始問起……我很好奇，你是怎麼知道這些的？」

「那是在我之前一任的幫主衛好農傳下的灶幫史。」

「是他親眼見證這些歷史現場嗎？」陳淑美又瞪大了眼睛。

「呵呵，軒轅打火石在歷代幫主間相傳，幫主都具有穿越時空的能力。」白衣人微笑著說，「大家累積下來的見聞，就是一部豐厚的灶幫史。」

「原來如此，志達也穿越過兩次了。」陳淑美恍然大悟，又發出疑問：「我們灶幫擁有軒轅石，但那個毒害我的主上，他手中似乎也握有能穿越時空的打火石，那又是什麼？」

「那很可能是消失已久的蚩尤石。聽說自從清朝乾隆年間，蚩尤石就神祕消失了。」

「既然消失，為什麼現在又出現呢？」

「我也不知道。」

「那麼這兩顆石頭怎麼會來到臺灣？」

「蚩尤石我不知道，但軒轅石在民國初年傳到了灶幫幫主蔡市仔手中。」

「蔡市仔？好有趣的名字。」陳淑美笑著說。

「一九四九年，國共內戰進入尾聲，國民黨澈底潰敗，許多人跟隨國民政府逃難到臺灣。當時蔡市仔上了太平輪，不料黑夜之中，太平輪與另一艘輪船相撞而沉沒，蔡市仔仗著高強的輕功逃過一劫，最終被其他輪船所救，還是順利抵達臺灣，也把軒轅石帶了過來。」

「那份『全脈神功』的祕笈呢？也是跟著蔡市仔一起來到臺灣嗎？」陳淑美好奇的問。

「不！那份『全脈神功』的祕笈，並非如外傳的由灶幫前輩所創，而是衛好農自行鍛練出來的神功。他在擔任幫主時，穿越回到古代，觀察五味名菜的發明過程，體會到五個相應的心法而研究出全脈神功。他原想嘉惠後代幫主，只要他們穿越到古代跟五大名菜的發明人學習那道菜的精神，用心體會，就能練出神功。」

「那祕笈上的祝融通古神咒又是怎麼來的？」

「那是從上古時代火神祝融所流傳下來的神祕咒語，歷代幫主都是口傳心授，不過衛好農特地寫在祕笈內，方便傳承。」

「聽起來，衛好農把軒轅石和祕笈一起交給了你。」

「沒錯。」

「既然如此，祕笈為何沒有交接給范衛襄前幫主，而是藏到臺北孔廟的屋頂上呢？還有，你不是已經死了嗎？」

「都已經過了二十五年，你竟然還記得我是誰。」

「雖然過了那麼久，可是你的外型變化不大，加上這一身長袍，我推斷你是湯之鮮前幫主。當時不只新聞有報導，你的訃文也在報紙上占了好大的版面，至今我都還有印象。而且我永遠也忘不了，因為那一年我才十二歲，我的母親也是在那一年過世的。」

「嗯。」湯之鮮無言的點頭。

「你為什麼沒死，卻又辦了隆重的喪事？有什麼難言之隱嗎？」陳淑美滿臉的困惑。

「唉！這又是另一個故事了。」湯之鮮捋捋白鬍鬚，搖頭嘆息。

第四章 白衣人的真實身分

雖然事過境遷，但我仍然記得非常清楚。

那一天我參加晚宴後回到家時，發現客廳的斗櫃、抽屜被一一撬開，裡面的東西被翻出來散落一地，而我的妻子癱倒在沙發上，女兒也倒在地板上不省人事。我緊張的上前察看兩人的狀況，發現她們沒有受傷，卻始終叫喚不醒，顯然是中了某種迷藥而陷入昏迷。

我心中恍然一驚：「祕笈！」

平時我將軒轅石隨身攜帶，但衛好農傳下的「全脈神功」祕笈，我一直存放在二樓的書房中。

我施展輕功，無聲無息的上了二樓書房，看見大書桌後面，一位黑衣人正背對著我，出神的盯著手上的一大張紙。那正是我藏在後方書架，夾在《紅樓夢》書中的祕笈。

「大膽！」我大喝一聲，一個箭步過去要搶祕笈。

那黑衣人回過頭來，但他用布遮住了面容，無法得知他在黑衣底下的真實身分。他及時轉身躲過我的手掌，並且把祕笈塞進衣服中，露出一半在外。我出招再搶，他便跟我格鬥起來。

我師承民灶派，也熟知各派的功夫，沒想到黑衣人施展的都不是這些招式，他把五指併攏成杓狀，從上而下不停攻擊我的頭部，幸而我都一一閃開。後來我回想起來，那姿態很像是毒蠍子高懸著尾巴要螫敵人。

我用茶掌六式打他，他竟然手腳攀在牆上閃躲，就像蜘蛛在移動。我看掌功難以取勝，改以油爆拳近身攻擊，在他胸口和下巴打了好多拳，他挨拳之後連連後退，祕笈也被我乘機搶了回來。

他見我奪回祕笈，急忙繞到我身後，高舉的杓形掌冷不防在我左肩上啄了一口，我頓時感到左臂痠麻，心口悶塞不通，再看見左手發黑心中大驚，知道心經已經受到毒害。

接著，他張開五指，有如毒蛇立起身軀要來搶我右手的祕笈，我急忙退縮抓緊祕笈，不料他五指猛然一抓，竟扯下祕笈的一部分。他又伸出毒蛇般的手掌攻擊我的腹部，我急忙轉身伏低，用橫柴入灶肘頂他的腰背。他哀叫一聲，退到一旁。

這時我妻子醒了，提劍衝上二樓幫我。那個黑衣人見敵不過我們夫妻聯手，便破窗而逃，手中還抓著扯去的一半祕笈。

我的左手如木炭又黑又腫，我妻子顧慮我的傷勢放棄追他，趕緊放下寶劍點我手臂的穴道，以防毒血流入心臟，並且在我背後運氣。這時我的女兒上樓看見我們，急忙來到我妻子背後運氣，透過她把真氣都傳送給我。

所幸她們兩人及時搭救，毒血沒有流入心臟，被集中到左掌小指尖。我二話不說，拿起劍割開小指排出毒血。雖然保住一條小命，但我被毒物侵蝕的心脈已然寸斷，害我功力大減，說起話來都氣若游絲。

我的妻子帶我到醫院治療，但中西醫用藥都沒有效果，之後我們又請來武功高強的長老們來幫忙運氣，也無法接通我的心脈。灶幫內一位醫術高明的長老對我說：「你中的很可能是五毒陰功，這世上能醫治你的只有『全脈神功』，可惜會這功夫的前幫主衛好農已經過世多年，現在你的傷無人可醫。不過，如果你能每日在山林中打坐，吸取山水靈秀之氣，滋養日月星光精華，安心靜養，或許有復原的一日。」

我雖曾聽聞五毒陰功，卻從來沒有見識過，也沒看過有人被這功夫所傷，難道黑衣人施展的就是五毒陰功嗎？

經過這件事之後，我的妻子非常擔憂，即使加強了家中的保全設備仍每天提心吊膽。她看我傷了心脈，也無法好好處理幫內事務，便提議我不如提早交出幫主的職位，好落得清靜。我雖有同感，但自灶幫創立以來，沒有提早交出幫主職位的前例。即便有幫主在任內死亡，也是由各山頭長老共同治理幫務，直到下一屆武藝大會選出新任幫主為止。

死亡！對了，我所剩的任期不過五年，不如我就順勢詐死，將祕笈嚴密的藏起來，再將軒轅石交付銀行信託，自行隱居到山林療傷，不再過問江湖是非。

因此我在家人祕密安排下，買通醫護人員開出死亡證明，發出死訊，籌辦喪禮，並且辦得盛大而隆重。我選定日月潭邊的慈恩塔頂作為隱居修養之所，讓妻子和女兒把假骨灰壇安放在附近的玄奘寺，有空時到此祭拜，我們再暗中相會，此後一切順遂。

十年後，我的妻子得了急症過世，女兒也嫁人移民加拿大，我無牽無掛的在山林間療傷，竟也恢復往日七、八成功力了。直到那一日灶幫的武藝大會在慈恩塔對岸舉行，我感應到教師會館頂樓有人暗中傷人，一時看不慣才出手干預，想不到救的人就是你。

「什麼？」陳淑美聽完湯之鮮回憶過去，不禁吃驚的說。「我當時用輕功去追飛出的劍，感到有一股內力強推我往西邊的進水口過去，就在我毫無招架之力時，又莫名其妙的被一股更強大的內力拉回去。你就是那個救我的人？」

「是的，有人在比賽作弊，試圖干預我們灶幫流傳千年的武藝大會。」

「可是你曾經擁有祕笈也會全脈神功，為什麼不能自救寸斷的心脈呢？」

「唉！說來慚愧。」湯之鮮搖頭苦笑。「那全脈神功有五式，我因幫務繁忙只練到第四式，而那第五式恰恰與心脈相關。所以我才落得被人毒害了心脈，卻完全沒有自救能力啊。」

「你知道當時在樓頂上要害我的人是誰嗎？」

「我不知道，我已經不過問江湖俗事二十多年了，滄海桑田，人事全非，怎麼會知道這些？」

「你既然不過問江湖俗事，為什麼現在又離開山林呢？」

「我前幾日在日月潭邊，聽到釣魚虎的人們談到你的悲慘處境，與多年前我中毒的情況十分相似，所以才想下山查個清楚。而且每回在新舊幫主交接典禮之後，舊幫主照例要將這些灶幫史講述傳承給新幫主聽，當年我詐死，自然沒有完成這一項工作，也感到十分愧疚。」

「范衛襄幫主不知道這些，真是可惜。」陳淑美感嘆的說。

「如今把這些史事說給你聽，我也可以卸下心頭的重擔，少了許多遺憾。至於志達，」湯之鮮又說，「你放心，我會幫忙他學會所有的全脈神功，讓他早點治好你的毒傷。」

「多謝前輩。」

「其實，志達所吃到的那一道西湖醋魚，是我假冒廚師故意上錯菜給他暗示的。他們原先點的不是西湖醋魚，而是松鼠鱖魚。」

「竟然還有這件事，志達沒有告訴我，他似乎不知道。」

「他們當時待在包廂中，並不知道廚房發生了什麼事。」

「這麼說來，前輩知道五道神菜的內容，為什麼不直接告訴志達，要用暗示的呢？」

「不，衛好農幫主當年傳下祕笈給我時，曾要我先發下毒誓，不可洩漏祕笈中的內容給幫主之外的人，不然會遭五雷轟頂。還好，那孩子心地純良悟性高，一吃就能領悟。」

「太好了，湯前輩，我是新任幫主。我可以發毒誓，請你告訴我五大神菜的內容。」陳淑美一聽高興的說。

「依照幫規，必須對著灶王爺神像和桌上的祕笈、軒轅石下跪，才能宣誓。」湯之鮮語重心長的說，「你現在既無法下跪，那祕笈也不是完整的祕笈了。」

「唉，我了解了。」陳淑美傷心的說，「看來我的傷是不會那麼快好轉了。」

「現在修復的情況如何？」

「志達已經用全脈神功第一式和第二式，幫我修復了脾經、胃經、肝經和膽經。我的身體恢復了部分的知覺，心情比較開朗，胃口也好多了，最近感覺胖了不少。」陳淑美尷尬的笑了笑。

湯之鮮坐在床緣，幫陳淑美把脈，然後頻頻點頭。

「對了，湯前輩，雖然你不能說出祕笈的內容，但你會全脈神功一到四式，能否請你用第三式和第四式，幫我治療其他經脈，讓我早點脫離臥床之苦？」

「很抱歉，我無法這樣做。」

「為什麼？」

「那位醫術高明的灶幫長老曾告誡我，由於我的心脈曾遭受毒害，萬萬不可輸出真氣為人運功治病，即使將來功力完全恢復也不行，否則會心脈潰散，心臟爆裂而亡。」

「罪過，罪過，湯前輩真抱歉，請當我沒有說過。」

「但我現在仍有餘力可以調查主上的身分，不過，我需要用到軒轅石，這也是我來這裡的另一個目的。」

「這沒問題，」陳淑美寬慰又期待的說，「等明天志達來看我的時候，我就叫他把軒轅石交給我，我也不希望他一個人暗中調查。對一個國中孩子來說，實在是太危險了。」

這時窗外透出天光，馬路上開始傳來汽車呼嘯的聲音。

「天亮了，再過一會兒護士就會來查房。」陳淑美看看牆上的時鐘說。

「那麼我先走了，今晚的事你先不要向任何人透露，以免節外生枝。」

「包括志達嗎？」

「是的。他現在擁有軒轅石，我擔心他如果知道這些事，一時衝動回到古代去，恐怕發生意料之外的危險。」

「好……」

不等陳淑美說完，湯之鮮便轉身翻開窗簾，拉開窗戶，縱身往下一跳。

第五章 借用軒轅石

經過「企業杯廚藝大賽」後，林志達和安南的友誼更好了，與酷鷹和暴龍兩人相處也更加自然，而非之前的老大和小弟關係。校園變得平靜，老師和同學們都感到氣氛變化，紛紛探詢原因，志達的事蹟成了眾人談論的話題。

志達在學校發覺大家看他的眼神不一樣，好奇中還帶著幾分尊敬，但他不喜歡成為人群目光的焦點，刻意保持低調，也不跟安南他們一起行動，下課時仍然靜靜的看著他的書。

他回想幫安南把毒血逼出來的事，到圖書館查資料，發現安南頭頂被毒蜘蛛咬到之處稱為頭臨泣穴，而腳掌上那個穴道叫做足臨泣穴，兩個穴道相連，難怪他往腳上的穴道施壓內力，能從頭頂逼出毒血。

「人家說頭痛醫腳，腳痛醫頭，原來是有道理的。」

他也想著媽媽的病，在圖書館裡翻找食譜，搭配中醫的基本理論書籍，設想哪一道菜會是第三道神菜。他打算把猜測的那幾道菜一一做出來吃，如果吃到神菜應該會有特殊的感應。

第一道神菜「雞仔豬肚鱉」是甘味的，第二道神菜「西湖醋魚」是酸味的，按照「五味入五臟」的原理，甘味入脾臟，酸味入肝臟，那麼剩下的就是鹹、辣、苦三味了。第三道神菜不知道是哪一味？

他翻閱了好多食譜，看了好多名菜的作法，心想：就算知道是哪一味，這麼多料理就像是大海撈針。最後不得不先放棄。

這天放學後，方羽萱邀請志達到她家一同練功。

「這是把酒三肘：綠蟻肘、杜康肘、醍醐肘。」羽萱演示官灶派的拳腳功夫給志達看。

「我外公有說過，我們民灶的肘法是柴火三肘：把手肘左右橫移的橫柴入灶肘，上下移動的乾柴烈火肘，前後分推的曲突徙薪肘。跟你們的很像。」志達高興的說。

「真的耶。」羽萱先是興高采烈。接著又低落的抱怨：「唉！我最喜歡綜合梅、蘭、竹、菊，四君子掌快打而成的花鳥掌，就單一個名稱，簡單好記，不像其他的都好複雜，尤其是書畫二十六劍法，我怎麼背都背不全。」

這時阿弟推著輪椅上的方子龍從屋內出來，方媽媽跟在後面，屋外停著一臺廂型車，他們似乎要出門。

「不會難記，只要你一一把他們學起來，再分門別類，很快就會記住了。不過就是永字書法八劍，九皴法劍式和九描法劍式。」方子龍知道他們在討論功夫，忍不住插話。

「爸，你們不是要出門嗎？還在這兒關心我們練功。」羽萱嘟囔著說。

「時間還來得及。」方子龍意猶未盡，繼續說給志達聽。「志達，那永字書法八劍來自寫毛筆的點、橫、豎、勾、提、彎、撇、捺。九皴法劍式來自畫山石紋理的皴法，九描法劍式來自人物衣服皺褶的描法……」

「爸，拜託你，不要再說了，我的頭快爆炸了。」羽萱苦著臉誇張的哀求。

「你就是沒耐心才學不會。」方子龍不理他，繼續對志達說：「譬如曹衣出水描，是用細密的線條去描繪衣服的皺褶，像是從水中走出來的樣子。當時武藝大會時，魏興不是飛到水面上施展輕功嗎？他就是先用這一招在水面描出波浪，然後蹬那浪頭才落在小船上的。」

「有，我記得。」志達聽得興味盎然。

「還有，魏興連番使用斧劈皴式和披麻皴式的劍法去攻擊你媽媽，她卻能用溫醇烏醋式和甘澀果醋式將它們一一化解，以柔克剛，真不簡單。」方子龍讚嘆的說，「其實民灶派的洌醋五劍式不是都這麼溫潤的，還有酸洌白醋式、割燒鎮江醋式、封喉五印醋式，都極具殺傷力。」

「官灶派也很厲害，我媽媽都說她會贏得比賽只是運氣比較好罷了。」志達謙虛的說。

「噢，你現在會這麼說了。」羽萱虧志達。

志達不好意思的笑了笑。

「子龍，該走了，你一打開話匣子我就擔心。」方媽媽催促說。

「爸、媽，你們要去哪裡？」羽萱好奇的問。

「我們要去參加募款晚會。」方子龍說。

「這是為了幫助貧困的家庭所發起的義賣活動。」方媽媽也說。

「哇！你們是義俠，就跟廖添丁一樣。」志達敬佩的說。

「哈哈哈！不一樣，不一樣，你說的那種是劫富濟貧的義賊，我們是取之於社會用之於社會。」方子龍笑著說，「而且現代社會的結構跟以前不同，那種行為不見得是對的。」

「哦，怎麼說？」志達問。

「因為……」方子龍說。

「別再說了，時間快來不及了。」方媽媽看看手錶催促。

「好吧！志達，有機會叔叔再跟你解釋。」方子龍點頭揮手。

他們上車離去了，志達和和羽萱也進屋去。

阿弟在飯桌上準備好飯菜，他們邊吃邊聊。

「你爸剛才說的是什麼意思？」志達問。

「我也不懂。」

「劫富濟貧怎麼會有錯呢？」

「我爸這麼說當然有他的道理。」羽萱忽然話鋒一轉。「我覺得繼程的外公好疼他，讓人真羨慕！」

「為什麼突然這樣說？」志達問。

「這個週六是繼程的生日，他不是在通訊群組裡說，他外公在他們『瀟湘煙雨湘菜館』辦了一桌菜，讓他請朋友吃飯嗎？」

「是啊！」

「我爸只會買蛋糕，叫我邀同學來家裡。」

「那不是一樣嗎？」

「那可不一樣，一個蛋糕跟一桌子菜怎麼比呀？可惜我一點半要上鋼琴課，沒辦法待到最後。」

「沒關係，繼程不會介意的。我們能去他應該就很高興了。至於你沒吃到的菜，我就一人吃兩份，幫你吃回來，哈哈！」

「哼！讓你占了便宜。」羽萱故意裝作生氣的模樣，其實嘴角帶著笑意。

吃過飯之後兩人道別，志達便轉去安養院看望媽媽。

「你有帶軒轅石嗎？」陳淑美一見志達，劈頭就問。

「有，這麼重要的東西，當然要隨身攜帶。」志達微笑著說。

「你今天把石頭留下來，不要帶走。」

「為什麼？」志達疑惑的問。

「我想起之前曾聽長老說軒轅石有特殊靈力，我想放在我身上，試試看有沒有功效。」陳淑美撒謊。

「噢，好啊！」志達沒有猶豫，拿出石頭放到媽媽的手中。

兩人一邊聊天，志達一邊幫媽媽按摩，捏捏手腳的肌肉。雖然陳淑美已經接通四條經脈，恢復了部分的知覺，但是還是無法起床行動，整天躺在床上，如果不經常按摩，肌肉就容易萎縮。

「好了，時間不早了，你快點回去休息吧。」陳淑美說。

「好，那我明天再過來。」志達說完便離開了。

陳淑美決定先小睡一下，等湯之鮮來的時候才有力氣，怎知腦中越想快點入睡，反而越難睡著，就這麼閉著眼睛胡思亂想。

終於到了凌晨三點，一道白影翩然來到病房，輕聲呼喚：「淑美醒醒，我來了。」

「呼！終於解脫了。」陳淑美急忙張開眼睛，「我拿到軒轅石了，請湯老前輩拿去。」

「告訴我，你是如何中毒的？」湯之鮮拿走軒轅石問道。

「根據警方調查，慶功宴當天，有人在我的杯子上塗抹了毒液，後來我喝了酒，嘴脣沾到了毒液就不省人事了。」

湯之鮮聽完陷入沉吟。

「對了，雖然湯老前輩沒辦法直接說出剩下的三道神菜，但能不能給我一點提示？」

「這個嘛……我發誓不能說出菜名，該怎麼說才好……」他垂著雙手，低頭思索。「就拿第三道神菜來說，我只能說它是辣的……」

「是辣的，還有沒有？」陳淑美追問。

湯之鮮又低頭思索了一會兒，說：「有沒有紙筆？」

「桌子的抽屜裡面有。」

湯之鮮拿出紙筆，寫了一些東西，拿給陳淑美。

「這是什麼意思？」陳淑美看著紙條，感到非常困惑。

「志達一定能懂。」湯之鮮說完便高舉軒轅石，拿出鐵片敲擊：「雷金流火，天地玄黃，元祖叱吒，萬古流芳，天清清，地靈靈，帶我回到陳淑美中毒的那一天……」

「可是這……」陳淑美想進一步發問，卻已經來不及了。

第六章 慶功宴上的真凶

當青熊之火消失時，湯之鮮落在一個三合院後的竹林裡。

「喂！你們兩個男生，我們三個人來組一個群組吧？就叫做……『少年廚俠』，好不好？」一個女孩的聲音喊道。

「好啊！」兩個男生同聲應和。

湯之鮮從竹林縫隙看出去，看見女孩是羽萱，一旁志達和另一個男生正拿著手機。

羽萱設好群組之後，把手機收進口袋，天真的問說：「林志達，當幫主的兒子滋味如何？」

「不怎麼樣，就像你剛才說的，一直要有禮貌的跟別人打招呼，好累呀！」

「哈哈！」羽萱和另外那個男孩都笑了。

湯之鮮心想，大概是孩子們趁慶功宴開席前躲在這兒聊天。他聽到屋後人聲吵雜，便從旁邊穿過竹林和屋子，來到稻埕。

只見稻埕裡擺滿紅圓桌和紅椅子，到處都是人。

「不曉得主桌在哪裡？」他往大廳門口看去，看見一個大圓桌，估計能坐十五人。

一個男工正低頭在那兒擺餐具，湯之鮮看見他遮遮掩掩的在主位的杯子上塗抹什麼東西。

「就是他。」湯之鮮心想。

湯之鮮正想過去一探究竟，卻見那個人已經離開主桌，往稻埕外走去。湯之鮮急忙跟過去，但是稻埕上站滿了前來參加宴會的賓客，他一直被擋住去路，等來到稻埕外面，已經不見那個人的蹤影。

他施展輕功，跳上一棟透天厝的屋頂，發現那人的背影正往遠處一間土地公廟奔去。他飛跳下來，急追上去。

「喂！」湯之鮮來到那人的後面，從後方拍他的肩。

那個人轉過頭來，嚇了湯之鮮一跳。他的左臉頰有道形狀怪異的大傷疤，額頭有三條深深的橫紋，眉毛稀疏，眼眶深邃，法令紋極深，嘴角歪斜一邊，長相奇特。

「你是誰？為什麼要下毒？」湯之鮮生氣責問。

「輪不到你管。」那個人撥開湯之鮮的手，湯之鮮卻翻轉右手要抓他，兩人打鬥起來。

「吼——」伴隨一聲吼叫，那個人的臉上瞬間生出長吻，手上也冒出爪子，變成一隻大豺向湯之鮮咆哮。「竟然敢來惹我怒豺！看我怎麼修理你。」

「交出你的毒物。」湯之鮮正氣凜然的說。

「看來你是自動送上門來的大餐！唉，別人吃慶功宴，我卻只有老人血可喝。」怒豺挖苦的說著，張開大嘴朝湯之鮮而去。

湯之鮮用民灶派「拌醬四腿」中的沙茶腿將他絆倒，又用甜麵腿踢他的後腿骨。

怒豺惱怒的從地上起身，張牙舞爪過來，湯之鮮一不注意，左手臂遭爪子一抓，鮮血便從爪痕處湧出。

「可惡！」湯之鮮施打茶掌六式，前四式攻擊他的頭頸臉面，第五式的龍井掌則朝他胸口猛擊，第六式普洱掌讓他倒地。

怒豺趴在地上，只能頻頻喘息。

正當湯之鮮想上前盤問，忽然一陣陰風從背後吹來，湯之鮮感覺不妙，側身閃過，一個蒙面人從天而降，一掌朝他打來。他急忙出掌將那手臂推開，怒豺趁這空檔逃之夭夭。

這人就是主上嗎？湯之鮮心想，便不客氣的朝他打出鐵觀音掌。

「你……你不是死了嗎？」蒙面人看見湯之鮮，似乎對於他的出現大感意外，湯之鮮這一掌狠狠正中他的腹部。

「啊！」蒙面人痛叫，彎腰倒地翻滾，一個東西從懷中掉落地上。

湯之鮮撿起來，發現是個五彩刺繡的錦囊，裡面裝了一個沉甸甸的東西，袋子上還縫了一塊剪成兩段的黃布，布上繡著「王小余封印，乾隆十三年」的字樣。他打開錦囊往裡瞧，赫然看見一顆和軒轅石極為相似的石頭。

「啊，是蚩尤石？」湯之鮮驚訝的說。

「還給我！」蒙面人激動的叫道。

蒙面人把五指併攏成杓狀，高高舉起要朝湯之鮮攻擊，那姿態就像是毒蠍子的尾巴懸空來螫敵人。

「啊！」湯之鮮驚駭不已，他回想起多年前就是這功夫傷了他的心脈。那是狠毒的五毒陰功的招式。

不容他細想，那毒刺般的手掌已經近在眼前，他戒慎恐懼的出臂隔開，不敢正面迎擊。對方跳到他身後又要一刺，他急忙翻身，朝對方背後拋出錦囊，然後轉身逃跑。

趁著蒙面人回頭去撿錦囊，他急駕輕功逃到隱蔽處，總算有驚無險的逃過一劫。

王小余？這名字似曾相識，他低頭思索，是不是〈廚者王小余傳〉裡寫的那個王小余呢？

他還記得自己當年接掌幫主之位後，為了充實能力大量閱讀，凡是跟飲食文化有關的著作，像是記載北宋汴京城繁華生活的《東京夢華錄》，描繪許多清代貴族飲食的《紅樓夢》，袁枚的《隨園食單》……不論古今他都翻了好幾回，發憤研究，即使詐死隱居的二十多年間仍是閱讀不輟。

這「王小余」是中國歷史上第一位被寫入傳記的廚子，而為他立傳的人是清朝的文學家袁枚。袁枚二十四歲就中進士，在江蘇一帶做官，住在三百畝的「隨園」裡。袁枚講究生活情趣，不僅懂得吃，也擅長烹煮，難怪會重視一般人輕視的廚子。

王小余的名字怎麼會出現在裝了蚩尤石的錦囊上呢？看來，找到王小余就可以找到蚩尤石的線索。

於是湯之鮮再度唸出咒語，敲擊軒轅石，目標是乾隆年間的王小余。

＊＊＊

當青熊之火再度燃起又消失，湯之鮮發現自己居然站在一艘大船上。

嘩——嘩——

大船正在汪洋大海中，上下左右的搖晃顛簸得不得了，海水不斷潑打上船，噴得他一身溼溼黏黏的鹹腥味。他一看清環境立刻衝到一旁，拉住一根固定桅杆的粗麻繩，免得摔倒。

忽然，他聽見有人在喊：「救命啊！有人落水了。」抬頭看去，是一個水手抓著船緣的欄杆，一手伸向海面，慌張的叫喊。

想必這海象太惡劣，就連船員也不敢跳海救人，於是他不假思索的跳下海裡，用油水分離的輕功在浪頭上跳躍搜尋，果然發現一個灰褐色的人影在海面上載浮載沉，高舉雙臂在呼救。他急忙奔躍過去，將那個人衣領一提，飛越回大船上。

那個人吞了不少海水，難過的抱著肚子嘔吐，一會兒之後喘著大氣，看起來沒什麼大礙。

「感謝恩公救命之恩。」那個人死裡逃生，連忙跪下來向他磕頭，一連十幾下。

「別磕頭，不然你又要暈船。」湯之鮮扶他起來，果然又吐得一塌糊塗。

湯之鮮扶他進艙房休息，片刻後男子漸漸平靜下來。

「請問恩公尊姓大名，我王小余日後必當報答你的大恩。」

「啊！王小余。」湯之鮮心中大喜，恰恰就是他要找的人。他掩飾興奮，正經的說：「我叫做湯之鮮，能夠搭同一艘船是我們有緣，我不需要你報答，我今年七十五歲，看你大概二十歲，可以當我孫子了，咱們來個忘年之交吧！」

「謝謝恩公，我不敢高攀。」

「小余娃兒。」湯之鮮調皮的說。

「湯老爹。」王小余靦腆的叫。

「這就對了。」湯之鮮高興的笑著。

「湯老爹功夫了得，剛才竟然在大風大浪中，輕功乘風破浪，真是了不起。我跟我的師父學過梅、蘭、竹、菊，四君子掌，也學過果拳，但都是用來做菜，我從沒見過像你這麼高超的功夫。」

「三日下廚房，洗手做羹湯。」湯之鮮說。

王小余眼睛一亮，抖擻精神坐起身。「誰知盤中飧，粒粒皆辛苦。」

「開門七俗務，柴米油鹽醬醋茶。」

「閉戶七高古，琴棋書畫詩酒花。」王小余開心的說。

湯之鮮原本還要往下說，小余卻拉著他的手：「我是官灶派的。」

「我是民灶派的。我知道你在袁枚家當廚子。」

「老爹認識我們家大人？」王小余驚喜的問。

「他能詩能文，當官又好名聲，誰不認識？不過他不認識我，我是個無名小卒。」湯之鮮轉個話題，「對了，難不成袁大人也在船上嗎？你們要去哪裡？」

「不。我家大人不在。我一個人上北京去，幫曹府做菜。」

「怎麼？有人出了更高價要挖角嗎？」

「是北京的曹府寫信給我家大人，要我去他家掌廚幾日，日日算錢，還送我家大人一幅精美的字畫。我家大人二話不說就答應了，行前還叮囑我要拿出真本事，不要讓他丟臉。所以我才會搭上這艘上京的船，遇到老爹。」

「我正巧想到北京見見世面，就讓我和你一起去曹府，當你的幫廚吧。」

「不，老爹是我的救命恩人，又比我年長，怎麼可以讓我使喚呢？」小余不安的說。

「對對對，使喚我就是報答我。」湯之鮮笑著。

「天底下還有這樣的事？」小余為難的說。

「因為你的廚藝遠遠在我之上，我想跟你學做菜。」

「這樣的話……那好吧！不過我先把話說在前頭，如果多有得罪，老爹可千萬不要見怪。」小余勉強答應。

「太好了。」湯之鮮開心點頭，隨即接著問：「今年是乾隆十三年嗎？」

「是啊！」

「你為什麼要把錦囊封印？」湯之鮮試探問道。

「什麼錦囊？我聽不懂。」小余感到莫名其妙。

「啊，沒事。」湯之鮮說，心中猜測應該是封印這事情還沒發生。

兩人相遇兩天後，他們從大沽口上岸，曹府派了馬車載他們到天津，又往北京城去，抵達時天已經黑了。

總管自稱姓吳，是一個中年人，他提著燈籠，低沉著聲音說：「先去見當家的。」

他們唯唯諾諾的跟在總管後頭，穿過幾重院落，來到一間廳堂的正門，有個紅衣婦人坐在裡頭，背對著大門正在寫字。

「竹大奶奶，人來了。」吳總管恭敬的報告。

「怎麼讓我等這麼久？」

婦人擱下筆轉身過來，竟然年約二十來歲，梳了高高的鳳凰髻，瓜子臉，白皮膚，明眸皓齒，水靈靈的眼睛帶著精光，微微上翹的柳葉眉透出一股傲氣。她拉起腰中繫著的一個五彩刺繡的錦囊在手中把玩著。

湯之鮮一看驚訝不已，因為這錦囊跟他在稻埕外看見的很像，只是少了封印的黃布，而且顏色鮮豔許多。

小婦人把他們兩個上下瞧過一遍，眼光像是可以穿透衣服那樣犀利。

「哪個是王小余？」她問。

「小的在。」王小余應聲上前。

「呵！你家大人也真是不明事理，我家老爺的官位雖然在他之上，卻並不是仗勢欺人的人，居然一下派兩個人過來。需要這樣巴結嗎？」她不高興的斜視著湯之鮮說。

「噢！不，我是來幫忙的。」湯之鮮急忙說。

「這位湯老爹是我的救命恩人，我們在船上偶遇，他想跟我學做菜，所以臨時……一起來……」小余連忙說明。

「夠了，廢話太多。」竹大奶奶從桌上的記帳簿撕下一張白紙，然後在上面寫了兩行字遞給王小余。「你自己看，識字嗎？」

「認得。」王小余接過白紙，「王小余帶人來，吃住穿用一切花費，一律從王小余薪錢扣用。」

「簽字吧！」竹大奶奶不耐煩的說。

湯之鮮還沒搞清楚怎麼回事，王小余就已毫不遲疑的拿起桌上的毛筆，簽下自己的名字。

第七章
大宅院裡的祕密

竹大奶奶微微一笑，收起那張紙，然後臉一沉，正色對他們說：「我們大戶人家人多口雜，希望你們兩個外人安安分分的做菜。如果多事，絕不輕饒。」

「遵命。」兩人都鞠躬稱是。

接著她像是感到疲倦似的輕嘆口氣，揉揉太陽穴，然後給一旁的總管使個眼色。吳總管便對他們說：「走吧！帶你們到下人睡覺的地方。」

兩人跟著吳總管走出去，來到陰暗的迴廊上，湯之鮮問：「這位竹大奶奶是……」

「曹府的當家媳婦，她娘家在江寧當大官。」吳總管說，「就是她作主叫王小余來的。」

「這麼厲害！」小余驚訝的張嘴。

「老爺在朝當官，奉命監造親王府邸，常常三天兩頭不在家，兩位少爺是要求功名的，只顧讀書，啥事都不用管。那風竹少爺，我們叫他竹大爺，已經中了舉人，可惜身體不好無法去任官職；雪芹少爺，家裡人稱呼他芹二爺，可惜他還沒考上舉人，老爺和竹大爺都替他著急呢！」

「因此曹府是由女眷當家？」湯之鮮問。

「是啊。竹大奶奶名叫汪喜紅，從小被人當男子教養，讀書寫字都學過，老爺讓她當家，她果真把六、七十人的曹府打理得有條不紊。」

「曹老爺結這門親可真是結對了。」湯之鮮脫口而出。

「小心縫上你的嘴巴。」吳總管斥責說，「我們背後都叫她紅辣子，上回有個小僕偷了把扇子被她打了一頓，送官關了三個月，你最好不要輕浮，不然包管你脫層皮。你們既然進了曹府做事，就得把眼睛放亮一點。」

兩人跟著吳總管到後院灶房旁的小屋睡覺。臨走時吳總管說：「廚子們天未亮就要起來工作，你們早點歇息吧！」

他們聽話趕快睡下，由於趕路疲累，很快就鼾聲大作。

不知睡了多久，一個老女人的聲音把湯之鮮吵醒。「起來了，曹家上下就你們還沒醒。」

他連忙起身，見王小余已經起來整理服裝了。

那個老女人個子矮，國字臉，身材頗為結實，雖然滿臉皺紋，眼皮下垂，但是目光有神，看起來也是頗為幹練。「人家叫我牛姥姥，負責管理灶房，你們兩個跟我來。」

她說完便回頭快走，兩人連忙跟上腳步，轉個彎就到灶房。

「進了灶房由我說了算，今兒你們來了，小心使用著，別砸破了鍋碗瓢盆，否則可都是要賠錢的。」牛姥姥仔細叮嚀著。

湯之鮮進去一看，曹府的灶房應有盡有，除了一座田字四口連灶，可同時煮四道菜，一旁柴薪堆如小山，桌上擺滿了甲魚、豬肉、雞肉、豆腐等食材，油鹽醬料也齊備，而且都用大瓷壺、大瓷罐裝著，不愧是大戶人家。

「他們怎麼知道你要煮什麼菜？」他好奇的問小余。

「我家大人在回信上就說好了。」小余說。

「竹大奶奶昨半夜給我菜單，今早我就叫人去買了。」牛姥姥也回他，然後對小余說：「明天開始你們自己去買菜，我叫我孫子小狗子帶你們去。你說幾時能上菜？」

「有兩道菜需要時間燉煮，估計要申時[1]才能出菜。」小余說。

「那好，兩口灶給我熬粥煮早點，你們先去準備，水井在前面，出去就看到了。」牛姥姥說完到門口叫喚：「小狗子快來生火。」

一個小男孩聞聲馬上跑進來，蹲到灶口點火。

「跟我去洗菜切肉。」小余示意湯之鮮把食材裝進籮筐裡，又拿了菜刀砧板就往井邊走。

他們蹲在井邊，花了好一番功夫完成準備工作。回到灶房內時，牛姥姥已經煮好大米粥，蒸好了三籠饅頭，炒好四道小菜。她塞給他們一人一顆饅頭說：「吃完早飯快上工。」

小余吃過早飯，滿意的抿嘴微笑，拿了一條布巾往頭上一綁，臉上充滿剛毅的神采。他轉頭對湯之鮮說：「湯老爹，另外兩個灶需要補上柴火，動作快。」

湯之鮮嚇了一跳，自兩人相識以來，還不曾看小余用那種命令的語氣對他說話。

從那一刻開始，除非下命令，否則小余不出聲了。他就像白鶴那樣站立著，目不轉睛的盯著鍋內看，彷彿那裡是唯一的大千世界。周圍除了呼吸聲和揮動廚具的聲音，沒有其他雜音。湯之鮮如果講話，還會被他打斷，似乎他永

1 申時相當於下午三點到五點。

遠在側耳傾聽鍋中的聲音，等待著變化。

小余一會兒說：「這邊要猛火。」湯之鮮就趕快加柴薪，把火勢加到像大太陽那樣猛烈。

一會兒後小余又說：「撤。」湯之鮮就開始遞減柴火。

或是說：「且燒著。」就把湯之鮮棄之不顧。

有一次湯之鮮加柴薪的動作慢了，小余慌張的過來把他推開，自己丟柴進去，然後毫不留情面的破口大罵：「你在磨蹭什麼？你若是要偷懶就去房間睡覺，我說什麼你得快點做！」

湯之鮮有點生氣，但他沒有發作，摸摸鼻子吞下一口氣。

「撤！撤！」小余指著一個灶，「這個灶，快點撤。」

湯之鮮一聽，急忙用鐵夾把柴火夾出來。

「啊！快焦了！」小余驚慌的抬起灶上的一鍋燒肉，放到一旁桌上，壓壞了幾根芹菜和蔥。他暴跳如雷，瞪著湯之鮮，彷彿看著不共戴天的仇敵。「動作那麼慢，信不信我狠狠的揍你一頓？」

「來呀！誰怕誰？」湯之鮮這回忍不住了，挺起胸膛回他。

這時牛姥姥剛好走進來看見這一幕，她非但沒勸和，反而回頭拿起桌上兩把菜刀丟到地上，豎起眉毛振振的罵道：「要打架到外面去打，打死一個再回來。」

小余不說話，呼出一口氣，低頭看灶裡的火變小了，把鍋子放回來。

牛姥姥拿了根柴火走了，湯之鮮默默的把兩把菜刀收起來、放回原位。

經過這次教訓，湯之鮮繃緊神經、戰戰兢兢的聽從小余的命令，片刻不敢馬虎分神。

終於到了申時，幾道菜也都完成了，小余顧著灶火，湯之鮮端著煮好的菜餚走出灶房。他看見小狗子在外面顧個小爐，一邊搧風，似乎在煮藥汁。

牛姥姥在前面領路，帶他來到一間雕梁畫棟的花廳，裡面一張大圓桌，已經坐著老太太、老爺、太太、兩位少爺、兩個奶奶。他們看見上菜了，個個笑逐顏開，只有竹大奶奶不露喜怒，把玩著手中的錦囊，緊緊的監看著湯之鮮。

他來來回回依序上四道菜：紅燒燉肉、帶骨甲魚、蘿蔔絲煨魚翅、蜂洞糕，接著又轉回到灶房準備出下一道菜。

「豆腐羹好了。」小余說著拿起大杓舀起羹湯，湯之鮮急忙拿大碗來接。

他心想，太好了，忙了一整天，上完這道八寶豆腐羹，終於要上最後一道湯品，待會兒就可以休息了。

再去到花廳，老爺對他說：「叫王小余過來，我有話要跟他說。」

「是。」湯之鮮忙去傳話。小余一聽便跟著他，一起去上最後的湯品。

兩人來到花廳後，老太太率先開口：「果然名不虛傳，連這普通的豆腐羹都能燒得這麼有滋味。」

老爺喝下一口兩人端來的湯，隨即驚呼說：「哇！鮮美異常，從未嚐過這麼美味的湯。這是什麼湯？」

「只是普通的菇筍雞湯。」小余回答。

「家裡常熬雞湯，鮮筍也有，鮮菇也有，怎麼都沒有你這湯好喝？」老爺又問。

「沒什麼，只是不加鹽。我是秉持我家主子袁枚大人的教誨，」小余詳加說明，「紅燒燉肉味最濃鹹、帶骨甲魚淡一點、蘿蔔絲煨魚翅又半鹽、蜂洞糕少鹽，八寶豆腐微鹹，到最後雞湯無鹽。」

「哈！無鹽的結局。」竹大奶奶調侃的笑著。

「這有什麼好笑？」其中一位少爺不高興的說。

「雪芹呀！不要那麼嚴肅嘛，一家子吃飯時說說笑笑才好。」老太太勸著說。

啊，湯之鮮在心裡叫著，原來眼前坐的就是知名文學鉅作《紅樓夢》的作者曹雪芹。看他一身書卷氣，兩眼卻是堅毅有神，尤其一雙劍眉透出英氣。

另一位少爺讓他更為吃驚，因為他眼皮浮腫，底下一對黑眼圈，一看就知道身體有病，想必就是竹大爺。

竹大爺看看小余，對芹二爺說：「他們家主人的『隨園』……原是我曹家的產業……後來因為出事獲罪，那園子被充公……最後被袁枚花了三百兩白銀買去了。」

聽他說話有氣無力的，果然病得不輕。

「風竹，何必當著外人說這些丟臉的事。」老爺不高興的說。

「我不是有意忤逆您……而是要激勵雪芹用功讀書，考取功名，將來當上大官，復興家業，恢復舊日的榮華富貴……」竹大爺虛弱的對老爺說。

「你說的是。」老爺明白他的用意後，轉而對芹二爺說：「雪芹啊！你要多跟風竹學學，他已經中舉了，你要趕快加油啊！」

「你要多多用功……別再寫那些風花雪月的小說了。」竹大爺認真的對芹二爺說，「你可記得小時候……我們在園子裡玩的情形？」

「當然記得。」芹二爺緬懷的說：「我小時候最愛在裡面玩，在三百畝的園子裡，小倉山上種滿牡丹，萬紫千紅如錦繡屏風，中秋夜裡舉行晚宴，邀集達官貴人一同參加，山坡上插滿千百支蠟燭，有如點點星光，讓人看了目眩神迷。戲臺蓋在水池上，臺上演著《牡丹亭》的〈遊園〉：『原來姹紫嫣紅開遍，似這般都付與斷井頹垣，良辰美景奈何天，便賞心樂事誰家院……』」

「這些美景，就等你高中金榜……當上大官，一一把它們復原。」竹大爺慨嘆的說，「你比我聰明百倍，只要你願意用功……功名利祿是垂手可得的，我這身子快不行了……咱們曹家要光宗耀祖，只得靠你了……」

「大哥，你別說了，你也知道我不愛讀書，對當官更沒有興趣。」芹二爺垮下臉說。

「住嘴！」老爺生氣的脹紅臉，「不許你說這些喪志的話。」

「為什麼我不能做自己喜歡的事？」芹二爺也生氣了。

「你這孩子，就只想到自己吃喝玩樂，也不替全家想想。」老爺火氣更大了。

「我……」芹二爺還想爭辯。

「雪芹啊，別再說了。」老太太勸阻他。

「別說了，別惹老爺不高興。」一旁的芹二奶奶也拉他袖子。

「我就是要寫小說……」芹二爺站起來，憤而離席。

老爺看著王小余，不高興的說：「早知道就不找你來，竟惹出這風波。快給我回灶房去！」

小余和湯之鮮一聽匆匆告退。

「天哪！關我什麼事啊？」小余手摀著胸口，一臉無辜的說。

「是啊，真是無妄之災。」湯之鮮也嘆氣。

回到灶房裡，看到牛姥姥正在用餘火炒東西，小狗子拿盤子在旁邊候著。仔細一看，那鍋裡炒著的是切成瓜子形狀的雞腿肉。她還拿出一個大瓷罐，加入一些黑黑的醬料去拌炒，剎時香氣四溢。

「罐子裡裝的是什麼東西？」湯之鮮好奇的問。

「別費力氣了，家家有祖傳祕製的醬料，不會對人公開的。」小余說。

「這道菜叫茄鯗炒雞瓜子，手續非常多，諒你也學不來。」牛姥姥得意的說。

「茄鯗是什麼？」小余也好奇，忍不住問。

「你剛不是說了，這是曹家祖傳祕製的醬料。」牛姥姥先是白他一眼，接著又說：「算了，告訴你也無妨。這茄鯗是把剛摘下來的茄子去皮，只用裡面的茄肉，切成小丁用雞油炸，再將雞胸肉和香菇、嫩筍、蘑菇、五香豆乾、核桃、瓜子、腰果、松子都切丁，用雞湯煨乾，再用香油一收，拌上糟油，裝進瓷罐裡密封。要吃的時候，就像這樣炒雞腿肉，吃起來滋味十足。這是竹大奶奶教我的，不然我們鄉下人哪裡想得出這種奇特的方法。」

「主子們都吃飽了，這是給誰吃的？」湯之鮮好奇的問。

「這是給竹大爺的藥引子，飯後配著藥汁一起吃。」牛姥姥說。

「好了沒有？」忽然背後響起一個男生的聲音。回頭一看，居然是芹二爺，他似乎在後頭看了一會兒。

「就快好了。」牛姥姥殷勤的說，「不勞二爺送去，我們下人送去給竹大爺就好了。」

「不，我要去他房裡給他賠罪，難得大爺拖著虛弱的身子，到花廳跟大家吃飯，我卻把氣氛搞砸了。」芹二爺愧疚的說，然後又問牛姥姥：「藥也煎好了嗎？」

「煎好了。」牛姥姥鏟出茄鰲炒雞瓜子，連同藥汁一起放在托盤上。

芹二爺端起托盤便轉身離開。

「你們把這兒收拾好就可以去睡覺了，明天要更早起來，別貪睡。」牛姥姥說完便捧著大瓷罐，帶著小狗子走了。

湯之鮮和小余先填飽肚子，之後收拾東西，又清洗碗盤，終於完成一天的工作，天色也黑了。

回到屋子休息時，小余忽然撲通一聲對著湯之鮮下跪，嚇了他一跳。

「老爹，真抱歉，我是不得已才對你大小聲，不是我愛罵人，而是一道好菜，火候必須非常精準，並且嚴格要求每一個步驟，否則就會失去該有的味道。加上府內的食材只準備固定的分量，如果做壞了無法重來，因此我才那麼嚴厲。」

湯之鮮早就不介意先前的事，一聽更是明白小余的道理，連忙扶他起來。

「你說的我都明白，一點小事不會放心上的。」

兩人握手對看，尷尬的笑了一陣子。

後來他們到井邊梳洗一番，想到明早還得要早起，便早早去睡覺。

到了半夜時，湯之鮮昏沉中彷彿聽到有男人的哀號聲，赫然把他嚇醒。

「哇！我的腰好痛，嗚……」

他側耳凝聽，不得了，真的是有人在哭，而且哭聲淒厲。

「小余，醒醒……」湯之鮮搖醒小余。

「怎麼了？」小余迷迷茫茫的說。

「有人在哭。」

「老爹，我累癱了，別吵我。」說完，小余轉身又睡下。

「不行。」湯之鮮決定自己前往查探。

他走出屋子，輕功跳上屋頂，辨識哭聲的來源。果然不遠處有燈火，他翻越大宅院的屋簷，朝燈火處飛跳而去。

他施展胡麻腿，兩腳剪刀交叉倒鉤在樹梢，從打開的窗戶看進去。

「嗚……」屋裡點了盞蠟燭，傳出男人哭泣的聲音，床邊站了芹二爺，聽他們談話的內容，床上的人是竹大爺。

「大哥，你再忍耐一下，嫂子已經叫人去請王大夫了。」芹二爺安慰著說。

奇怪？這竹大爺到底生什麼病？都已經吃藥了，為什麼還是病得這麼嚴重？難道那些藥沒有效果嗎？湯之鮮又想，算了，既然人家已經去請大夫了，就學學小余，別多管閒事，回去睡覺吧。

他回頭看見遠處還有個屋子亮燈，一時又好奇，便飛簷走壁過去查探。

從窗縫裡，他看見汪喜紅一人背對著他，坐在屋內的圓桌前。

怪了，她不去陪著竹大爺關心自己丈夫的病情，坐在這兒做什麼？看起來她自己住一個屋子，沒有跟竹大爺同睡一房。

只見她從懷中取出那個五彩錦囊，從錦囊裡拿出一個東西，然後拿起一根針往自己的指頭戳下去，瞬間湧出鮮血，再往那東西抹上去。

那是什麼東西？湯之鮮靠近窗緣，就著燭光仔細看去。

果然不出所料，是顆雞蛋般大小的石頭。

第八章 芹二爺的辛酸淚

「誰在外面？」汪喜紅感應到動靜，回頭一望。

「啊！」湯之鮮心中暗叫。因為她的臉是毛茸茸的動物模樣，脣下還露出尖銳的長牙。

湯之鮮怕被發現，急忙駕起輕功回去睡覺，當作什麼都不知道。

隔天起床，小狗子帶他跟小余去市場買菜，臨行前先去跟竹大奶奶問菜色、拿菜錢。

「昨天老爺吃得高興，我多給你些錢，挑你拿手的好菜做來吃。」她對小余說，「別忘了買兩隻雞，牛姥姥還得做茄鯗炒雞瓜子給大爺吃。」

「好的。鰱魚合老爺的口味嗎？」小余謹慎的問。

「可以。」

「烤鴨呢？」

「也可以，芹二爺很喜歡。」

小余一一記下，便帶著湯之鮮隨小狗子上街去。

那北京城不愧是大清帝國的京都，人山人海，摩肩接踵，吃喝玩樂的什麼都有。有些瓜果菜蔬跟南方的個頭模樣不太一樣，像是茄子尖一點，蒜苗粗很多，看著就有趣，他們摸摸瞧瞧，問問買買，逛得很愜意。

「小余叔叔，湯老爹，我們得快回去做早點了，不然誤了時間要挨罰的。」小狗子一旁提醒說。

「好。」他們聽了便趕緊離開，卻發現小狗子跑去買了一桶凝固的羊血。

「你怎麼買這個？」小余問他，「我的菜單裡沒有啊！」

「竹大奶奶叫我買的，每天都要一桶，什麼血都好，說是給竹大爺補血用的。」小狗子說。

湯之鮮一聽，回想起他昨晚在竹大奶奶房裡看見的畫面，心中便有底了。

那天的早點是金陵大肉包。一開鍋，香氣撲鼻，好多下人聞香跑進灶房看，個個流著口水想趁熱先嚐一個，結果都被小余趕出去。「這是給主子們吃的。」

小余識趣的先給牛姥姥一顆包子，牛姥姥咬下一口，馬上眉毛一揚，驚天動地的叫起來：「噢！我的老天呀，好飽滿的蔥花和肉餡，又甜又香，勝過三月的玉蘭花。」

「肉包子怎麼跟玉蘭花比在一起？太過了。」小余笑笑的說。

「哪裡過了？你們南方人愛吃糖，這金陵大肉包吃起來確實又甜又香。」牛姥姥又說。

湯之鮮吃了一口。那內餡鮮嫩多汁，果真充滿了濃濃的肉香和蔥花的甘甜，還帶著微微的辛香，外皮厚實富有嚼勁，再咀嚼幾口，麵香中也帶有另一種滋味。他再次見識到王小余的好手藝。

牛姥姥把五籠包子擺到大盤子上，先偷偷塞給小狗子一顆，再拿去給主子們，有多了才由她分派給下人。

不久，她笑呵呵的跑回來跟小余說：「剛剛芹二爺吃了直掉眼淚呢！」

「為什麼？」湯之鮮問。

「他們二十年前住在江寧，吃的就是這種滋味。」牛姥姥感嘆的說。

這一天的菜色加碼，小余告訴湯之鮮今天的菜單是：南京烤鴨、蘑菇煨雞、鰱魚豆腐、蝦米甜醬炒麵筋。

湯之鮮一切奉命行事，不敢有自己的主張，也不敢有其他心思，完全專心一意的顧著火。

傍晚時菜做好了，他去上菜，飯廳裡少了兩位少爺。

「風竹發病了，在房裡躺著。」老爺問芹二奶奶：「你家雪芹呢？怎麼也沒來吃飯？」

「他正在屋裡寫東西，我剛才叫他來，他說沒胃口，不吃。」芹二奶奶說。

「這小子癩狗扶不上牆，不好好讀書，就只愛刻印章、編竹器、雕刻木頭，盡玩些匠人的手藝，真是玩物喪志。」老爺責備的對芹二奶奶說：「你身為他的妻子應該勸他用功苦讀，像他現在又迷上寫作風花雪月的小說，男子若沒有考取功名，謀取個一官半職，成什麼樣子！」

「是。」芹二奶奶囁嚅的說。

「你，去叫他來吃飯。」老爺指個丫鬟。

「老爺，讓我去勸他吧，爺兒們的心思，我這老爹懂。」湯之鮮自告奮勇。

「也好，我讓丫鬟帶你去。」老爺又對竹大奶奶說，「你叫牛姥姥來上菜。」

竹大奶奶應了聲便往灶房走去，湯之鮮也跟著丫鬟走了。

湯之鮮來到芹二爺的房間，果然見他坐在桌前寫東西。他走過去開心的說：「芹二爺，聽老爺說你寫著一部小說。」

「是的，我正回頭去修前面的文稿。」芹二爺抬頭看著湯之鮮，「這部小說中寫出了幾個富貴家族的興衰史，警醒世人繁華如夢、情愛似幻、福禍相倚的道理。」

「真有意思！不知芹二爺現在寫著什麼內容？」湯之鮮問。

「湯老爹有興趣啊，好啊，我來讀給你聽。」他拿起一張稿紙，讀起來。

薛寶釵坐在炕上溫婉嫻靜的做著針線，寶玉問候她：「病情有沒有好一點？」

寶釵說：「已經好很多了，謝謝你記掛著。」

這時聽見外面人說：「林妹妹來了。」

只見林黛玉搖搖的走了進來，她一看到寶玉在裡頭，便笑著說：「哎喲，我來得不巧了。」

寶玉連忙起身笑著讓坐。寶釵笑著問她：「這話怎麼說呢？」

黛玉笑道：「早知他來，我就不來了。」

寶釵說：「我不懂這意思了。」

黛玉笑著說：「要來一群都來，要不來一個都不來，今兒他來了，明日我再來，如此間錯開了來著，豈不天天有人來了？也不至於太冷落，也不至於太熱鬧了。」

「這一段是寫賈寶玉來到梨香院探望生病的薛寶釵，現在加入不期而遇的林黛玉，可有趣了。」芹二爺笑著說，「我寫了四年，已經寫完四十一回。」

「寫得真好，不知書名叫做什麼？」

「叫做《石頭記》。」

咦？湯之鮮心想，對了，他記得《紅樓夢》初名《石頭記》，後來改了幾次，最後才又定名為《紅樓夢》的。

芹二爺忽然低頭不語。

「我知道二爺心裡苦，鐘鼎山林，人各有志，有志難伸是很痛苦的。」

「真被你說中了我的心事。」芹二爺忽然把背往後一仰，長長的嘆了一口氣：「我對讀書當官沒有興趣，可是老爺和大爺卻一直要我考科舉。」

「生在官宦之家，卻是身不由己。」湯之鮮感嘆的說。

「老爺為了公務不常在家，較少管我，但大爺日日催逼，讓我不能不理會。但我立志要寫出一部長篇鉅作，無論如何，我一定要把這部小說完成。」芹二爺激動的說，接著臉上顯出寬慰的表情。「還好，大奶奶很支持我，常鼓勵我快快把小說寫好。像這回請王小余來掌廚，是我對她提起懷念小時候住在江寧的生活，如果能吃到江寧的食物，一定會激發更多靈感，她就立刻叫人向她江寧的娘家打聽，後來問到袁枚有好廚子，就寫信去邀請。」

「哦？」擁有蚩尤石的汪喜紅為什麼這麼喜愛這本書？湯之鮮不禁納悶。

「唉，你不知道，曹府以前在江寧地位顯赫，後來先帝時因事獲罪。那時我才十三歲，家裡正準備歡慶元宵節，竟闖進一大批軍隊，將我們逐出家門。直到當今皇上登基，重用了我表兄。表兄拉拔我們，才讓曹府恢復官職。雖然如今看似稍微復興起來，誰知道不是另一片過眼雲煙呢？」

「芹二爺也是為了竹大爺的病在擔憂吧？」湯之鮮不忍心看他回憶這些傷心事，便轉移了話題。

「當然擔憂。大爺在半年前受了風寒，從此就湯藥不斷，還越來越嚴重，真是可憐。」

「我看竹大爺下肢浮腫，眼圈發黑，全身倦怠，那是中毒後斷腎的現象。」湯之鮮決定說出自己的發現。

「你說的是真的嗎？」芹二爺驚叫起來，然後低頭尋思。「大夫要大爺吃茄薰炒雞瓜子當藥引，他每天吃，那是唯一跟大家不一樣的食物。」

「我認為那道菜很有問題，二爺如果不信，不妨拿雙銀筷子去試試竹大爺吃喝的東西，或許能有發現。」

「好。我一定會找機會查證。」芹二爺說。

「對了，二爺先不要透露剛才我對你說的話，以免打草驚蛇。」

「我明白了。」

兩人結束談話後，芹二爺往飯廳去，湯之鮮則回到灶房。

傍晚時分，湯之鮮和小余在灶房裡吃晚飯，芹二爺忽然出現在灶房門口，手上拿著一雙銀筷子，說：「兩位請跟我一起走。」

「什麼事？要去哪裡？」小余不安的問。

「你別擔心，我們跟著芹二爺走。」湯之鮮抓他的手走出灶房。

芹二爺帶著他們走過迴廊，穿過兩進屋子，來到了竹大爺的屋子。

「大哥，今天吃藥了嗎？」芹二爺問。

「吃了。」竹大爺點頭。

「茄鯗炒雞瓜子也吃了嗎？」芹二爺問。

「吃了一些。」竹大爺精神萎靡，連抬頭都像是花費好大力氣。

「飯菜在哪裡？」芹二爺問。

竹大爺顫微微的伸出手，指著窗下的茶几。

芹二爺走過去，拿起銀筷子在剩下的雞瓜子裡翻攪，然後把銀筷子拿到燭火旁觀看。

「啊！果然有毒。」芹二爺大叫。

湯之鮮和小余靠過去看，只見那銀筷子下面三分之一段都呈現烏黑色。

「大哥，你看這菜有毒。」芹二爺生氣的說。

「這是怎麼回事？有人要毒害我嗎？」竹大爺驚恐的說。

「分明就是如此。」芹二爺說。

「是誰？為什麼？」竹大爺又驚又怒的說。

「去請竹大奶奶過來。」芹二爺憤怒的對屋裡的丫鬟說。

丫鬟聽令出去，竹大奶奶很快就來了，身旁跟著牛姥姥。

「怎麼啦？叫人叫得這麼急？」竹大奶奶慌張的問。

「嫂子，你看。」芹二爺遞出半黑半銀的筷子。

「天哪！這是什麼？有人在飯菜裡下毒？是誰吃了熊心豹子膽？大爺你吃了

嗎？」竹大奶奶一瞧驚狂的說。

「大哥已經中毒很久了。」芹二爺生氣的說。

竹大奶奶豎起眉毛，轉身質問牛姥姥：「好啊！你這個畜牲，這雞瓜子都是你炒的。說，為什麼給大爺下毒？」

「不，大奶奶，不甘我的事啊！」牛姥姥驚慌的搖手。

「說，是誰指使你下毒的？」芹二爺對牛姥姥咆哮。

「大爺，二爺，跟我無關，我不知道，我完全不知道。」牛姥姥嚇得跪到地上，全身顫抖。

「來呀！你們兩個把牛姥姥綁起來，抓去見官。」竹大奶奶對湯之鮮和小余下令。

兩人面面相覷，沒有動作。

「去叫吳總管拿麻繩過來。」竹大奶奶只好喝令丫鬟。

「是，夫人。」丫鬟說完走出去。

「大奶奶，這不是我的主意，是你叫我這樣做的呀！」牛姥姥一邊退縮，一邊慌張的大叫。

「哎喲！」竹大奶奶罵道：「別人養的貓會抓耗子，我養的貓不只反抓雞，還咬主人的脖子呢！你謀害主子的性命，天理難容啊！」

「竹大奶奶，明明是你叫我炒雞瓜子的時候，撒些大補粉，我只是照做而已呀！」

「什麼大補粉？」芹二爺問。

「我不知道，是竹大奶奶拿給我的。」牛姥姥一張老臉哭得涕淚縱橫，急忙澄清。「我沒有下毒。」

「胡說！我根本沒有拿什麼大補粉給你。」竹大奶奶急急的罵牛姥姥，「你下了毒竟敢賴給我，太惡毒了。舉頭三尺有神明，你也不怕天打雷劈。」

「牛姥姥，你犯了天理不容的事，還要抵賴。」芹二爺生氣的說。

「二爺，我沒有，我真的沒有，都是大奶奶叫我做的，嗚……」牛姥姥猛搖頭，哭得肝腸寸斷。

「啊！我看不下去了。」湯之鮮實在忍無可忍，一個箭步上前，就朝竹大奶奶施以油爆拳。

啪啪！

竹大奶奶痛苦大叫：「你幹什麼？」

湯之鮮不回應，繼續施拳。啪啪啪！

「吼——」竹大奶奶終於現出原形，變成一隻寬額吊睛的大黃虎！

「天哪！」牛姥姥和芹二爺都驚駭大叫。

虎魔張開尖牙撲過來，湯之鮮施出全脈神功第一式，打中虎魔的咽喉，立刻讓他胃部痙攣，嘔吐起來。

小余也從口袋掏出一個東西，同時往虎魔的方向唸唸有詞。

虎魔看向兩人，自知不敵，趕緊調頭跳過矮籬笆逃走。

第九章 穿越靈幻界

湯之鮮緊追過去，見虎魔跳進一間屋子，跟進去才發覺是芹二爺的房間。但裡面空無一人，一扇窗子開著，微風進來，吹得窗簾掀動流蘇搖曳，書案上一疊稿紙簌簌有聲。

芹二爺和小余也追進來。「他從窗子跳出去了嗎？」小余說。

「似乎是。」湯之鮮說著，卻是半信半疑。

「平白讓他逃了。」小余遺憾的說。

「你剛才拿什麼東西對付虎魔？」湯之鮮說。

「這是八卦鏡。」小余展示手上那一面巴掌大的鏡子，得意的說。「這是我師父傳給我的法器，能趨魔避邪，我都隨身攜帶。」

「你是道士嗎？」湯之鮮好奇的問。

「不是，我的師父曾經是道觀裡的廚師，他在那兒學會很多符籙和法術，連同廚藝全都傳授給我。」小余點頭說，「自我第一眼看到汪喜紅，就覺得她怪怪的，沒想到她竟然是一隻老虎。」

湯之鮮想起錦囊上的封印，恍然點頭。

「我的嫂子怎麼會是虎魔呢？這到底是怎麼回事？」芹二爺無法置信的問。

「等等！」小余望著桌上的文稿，訝異的說：「這裡頭怎麼有東西在動？」

大家仔細看去，發現寫滿文字的文稿中，竟然有個「虎」字四處流竄，一會兒出現在這一行，一會兒出現在另一處。忽然那個「虎」字消失不見，芹二爺掀開第一層稿紙，赫然看見它又出現在第二張紙上。

「這是怎麼回事？」芹二爺驚駭莫名。

「這兒似乎有個『靈幻界』？」小余指著文稿，謹慎的說。

「什麼東西？」湯之鮮問。

「你說的是什麼？我從沒聽過。」芹二爺問。

「我們處在人界，人界之外還有許多世界，統稱為『靈幻界』，界與界之間有界牆相隔，彼此井水不犯河水，因此人們多不知道它們的存在。」小余困惑的說：「不知為何，這一疊文稿產生了一個『靈幻界』，而現在虎魔穿過界牆，跑進去躲起來了。芹二爺，這文稿上寫的是什麼？」

「這是我正在創作中的一部小說，叫做《石頭記》。」芹二爺的表情既困惑又痛苦，「嫂子平日對我那麼好，家中就只有她支持我寫這本小說，還常常借錦囊給我，幫助我寫作。她怎麼會是虎魔呢？」

「哦？幫助你寫作？」湯之鮮問。

「這是怎麼回事？」小余問。

「我從四年前開始寫這部小說，直到半年前，我雖然已經努力的寫了二十幾回，但是對於書名、開宗明義的第一回和整個小說的主軸都不甚滿意，想了很久都沒有靈感。有一天我在灶房附近撿到一個五彩的錦囊，我的腦中瞬間出現電光火石和奇特的景象。」芹二爺回憶說。

「什麼景象？」湯之鮮好奇問。

「那是水神與火神交戰後，『天』破了一個大洞，造成洪水氾濫，人民死傷無數。接著，一個女神不忍心看人們受苦，便耗費大量的靈力煉出五色石，趁熱飛上西天去補洞，最後剩下一塊石頭沒有用上。」

「這是女媧補天的傳說。」湯之鮮驚喜的說。

「沒錯！這個景象給了我靈感，我就把『女媧補天』補到第一回去。」芹二爺說，「後來嫂子看見我拿著錦囊，便說東西是她的，趕緊要了回去。」

「你說她對你很好，是怎麼好法？」小余又問。

「由於那錦囊能給我靈感，我常常請求她借我。嫂子也不是一個小氣的人，還鼓勵我早日把作品完成。從那之後，我的寫作變得非常順利。」芹二爺說。

「她乾脆把那錦囊送你不是更好？」湯之鮮說。

「我也跟她提過，想用東西跟她交換，她都不肯，直說那是她最心愛的寶貝，我也就不好勉強了。她確實很珍愛那錦囊，片刻不離手，即使借給我，也是很快就收回懷裡去。」芹二爺說。

「她為什麼要這樣幫你呢？」小余問。

「我想是因為她很喜歡這部小說吧！只要我完成新稿，她都會搶著閱讀！」芹二爺說。

「是這樣嗎？」小余狐疑的說，「我覺得不是這麼單純……」

「芹二爺，那虎魔假冒成竹大奶奶，養著一顆名為『蚩尤石』的靈石，平日就收在錦囊裡面。那石頭正是當年女媧補天所剩下的靈石，是一顆誘惑人心的魔石。」湯之鮮說，「昨天晚上我在她屋外偷看到，她正在手指上扎針，擠出血來抹石頭，臉上變成猛獸還露出尖牙。」

「啊！竟然有這種事！」芹二爺驚訝的說，「這麼說來，大哥的病也是她下毒害的？」

「沒錯。看牛姥姥的神情，並不像說謊。」湯之鮮說，「應該是竹大奶奶命令她去下毒的，牛姥姥並不知道那是毒粉。」

「依我推測，那錦囊裡的蚩尤石是想透過二爺的文筆，造出了一個『靈幻界』。這『靈幻界』如果是蚩尤石所造出來的，虎魔拿著它，自然能自由進出，無所限制。」小余說。

「你們說的那個蚩尤石，為什麼要這樣做呢？」芹二爺不解的問。

「這恐怕得問虎魔才知道了。」小余說。

「現在該如何是好？」芹二爺擔憂的說。

「不難，只要把這些文稿燒了，虎魔自然就會燒死在裡頭，蚩尤石也會從此消失。」小余輕鬆的說。

湯之鮮一聽，點點頭。

「不行！」芹二爺慌張的伸出雙臂，護住那些文稿，雙眼圓睜的說。「《石頭記》是我花了四年，嘔心瀝血才寫出來的，一個字都不能燒。」

「虎魔知道芹二爺的弱點，這才有恃無恐的躲在裡面吧？」湯之鮮推測。

三人為難著，不知如何是好。

「這樣的話……」小余思索良久，終於開口。「還有一個辦法。只是……」

「什麼辦法？快說。」湯之鮮和芹二爺異口同聲的說。

「我師父教過我一種高深的符籙之術，它能打開界牆之門，讓人進到『靈幻界』，就有機會把虎魔抓出來。」小余說。

「我去。」湯之鮮義不容辭的說。

「我也去。」芹二爺說。

「不行，芹二爺不會武功，萬萬不要冒險。」湯之鮮勸阻，「你留在這兒，顧著這些文稿，別讓人破壞了。」

芹二爺一聽，只得打消念頭。

「不過這種法術有個限制，人在『靈幻界』只能待一晝夜，時間一到，若是沒有回來就會魂飛魄散。」小余說。

「那也不難，我在那之前趕緊回來就好了。」湯之鮮輕鬆的說。

「不，越界之人必定是有個目的才能進到『靈幻界』，如果在裡頭沒有達成目的，界牆之門是不會打開的。」小余說。

「我懂了，必得在一晝夜之間抓到虎魔，否則就是死路一條。對不對？」湯之鮮問。

「沒錯。只要在一晝夜間抓到虎魔，界牆之門會自動開啟，人便會回到這兒。」小余說。

「湯老爹，你年紀大了，別去了。」芹二爺勸說。

「不行，我雖然上了年紀，但是行俠仗義的心還是有的，我要幫竹大爺討回公道。如果任由虎魔猖獗，不知還有多少人會受害。」湯之鮮說。

「你提醒了我一件事，虎魔在『靈幻界』內一樣是會傷人的。」小余說。

「啊！不行，我小說裡的角色個個都很重要，千萬不能受到傷害！」芹二爺焦急的說。

小余趕緊磨墨，然後拿毛筆蘸墨在一張白紙上畫起符籙。

「天靈靈，地幻幻，五營天，領天兵……越界符籙，得令！」寫好之後，他讓湯之鮮面對文稿，叫芹二爺拿出隨身的火鐮盒子打出火花，將符紙燒出白煙。「老爹，快往白煙吹氣。」

湯之鮮急忙吹出一口氣，眼前即刻出現一個金色光圈，他愣了愣，便往圈裡跳進去。

第十章 誰是假姑娘

啊！這是？

他看見牛姥姥帶著她的孫子小狗子從牛車上搬下許多瓜果蔬菜，然後進到屋裡去，跟幾個女人坐著聊天。

奇怪，他們兩個什麼時候先進了「靈幻界」？

湯之鮮好奇的到窗戶外邊偷看著。

只見一個丫鬟從門口進屋來，裡面的人都站起來，牛姥姥忙鞠躬說：「平兒姑娘好，我很早就想來給大家請安，但田裡的事太忙了走不開。好不容易今年米糧、瓜果、菜蔬都豐盛，趕緊挑些最漂亮的拿來孝敬姑奶奶、姑娘們。姑娘們天天山珍海味的也吃膩了，吃個野菜兒，不成敬意啊。」

「我剛從大觀園過來。想必劉姥姥已經見過我們璉二奶奶了？」平兒說著，摸摸小狗子的頭說：「才多久沒見，板兒又長大許多。」

啊！「劉」姥姥？「板兒」？湯之鮮一頭霧水。不過他很快就明白了，一定是芹二爺照著牛姥姥的形象來寫劉姥姥，拿小狗子寫板兒，才讓他們長得一模一樣。

還好，當年為了研究《紅樓夢》裡的飲食文化，湯之鮮扎扎實實的把這套鉅作讀了三遍，雖然裡面寫了幾百個人物，但是主要的角色誰是誰，誰又是誰的誰，他都還記得。平兒口中的璉二奶奶就是賈府當家的鳳辣子王熙鳳，而平兒則是她的貼身丫鬟。

湯之鮮回想書中內容，劉姥姥帶板兒送自家種的瓜果蔬菜來賈府，那是寫在第三十九回中，原來自己進入了那個情節。

「湯婆子！湯婆子！到處找不著你，原來在這裡偷懶，快回去掃地，在這兒看什麼？」湯之鮮聽到有人在他身邊叫喚，轉頭一看，是一個凶巴巴的老婆子對他叫著。

「我？我不是婆子……」他想反駁，但低頭一看，怎麼手上拿著竹掃把，身上穿了女人的衣裙。他驚訝的摸摸頭，竟然頭髮濃密，還在後腦勺打了一個拳頭大小的髻。

「快來掃地，別發呆呀！」那個婆子把他拉到大樹下掃落葉。「不要說我費婆子欺負你新來的，我們分配到的院落那麼大，手腳不俐落點，又要挨主子罵了。」

湯之鮮只能聽話照做，費婆子吩咐完後便跑進廊裡乘涼，一邊和另一個婆子聊天，一邊指揮他：「這邊……還有那邊……」

湯之鮮把院子掃乾淨後，看看天色，晚霞斑斕，太陽快下山了。這時有人來叫：「費婆子，夏婆子，快去老太太那兒幫忙伺候，劉姥姥已經過去了。」

老太太想必就是賈府的大家長賈母了。湯之鮮心想，不知她長得什麼樣。

「啐！這一對土包子祖孫竟也能入老太太的眼，上回來拿了二十兩，食髓知味，今天又想來揩油，誰希罕那些瓜果蔬菜，根本不值幾個錢。」夏婆子說。

「璉二奶奶看天晚怕她出不了城門，留她過夜，老太太還把她叫去一起吃晚飯。她只是賈家的遠房親戚，卻真是好命啊。」費婆子酸酸的挖苦著，又朝湯之鮮說：「湯婆子，快跟我走。」

湯之鮮跟著她繞過走廊，穿過三個院子，進到屋內偏房。聽見大廳裡傳來劉姥姥的聲音：「給老壽星請安。」

「端過椅子來，坐著……老親家，你今年多大年紀了？」是賈母在問話。

「我今年七十五了。」劉姥姥回答。

費婆子端起桌上的托盤給湯之鮮，裡面擺了五條溼毛巾：「八月天，秋老虎，看主子們誰要擦汗，趕緊端過去伺候。眼睛放亮一點，聽到沒有？」

「是。」湯之鮮忍氣吞聲的回著，他想起此行的目的，謹慎的走到柱子邊暗中觀察。

哇，這屋裡有十多位女眷在談天說笑，湯之鮮忙轉頭去對費婆子耳語：「不知這些夫人、姑娘們是誰？」

「你聽好了，千萬不要搞錯。」費婆子壓低聲音，指指點點的介紹。

湯之鮮沒想到看了《紅樓夢》那麼多遍，這些書中的人物竟有一天活生生出現在眼前。

賈寶玉是賈母的寶貝孫子，長得俊俏，笑起來樂天開懷。他的姑表妹林黛玉身子瘦弱，一雙眼睛水汪汪的，微笑中帶著點傷感。姨表姊薛寶釵豐潤一點，大方的跟大家說笑，頗有大家風範。而那賈母慈祥和藹，長得跟曹雪芹的祖母一個模樣。一屋子總共有十幾個人，湯之鮮心想，說不定，虎魔就藏在這裡面？

「啊！」他看見汪喜紅站到賈母面前說笑，心頭一凝，恨不得立刻拋下毛巾，上前抓住她。

「那就是璉二奶奶，寶玉的另一個堂嫂，賈府裡真正當家的。」費婆子一邊使眼色，一邊告訴他。

原來那是王熙鳳，湯之鮮心想，必定是芹二爺照著汪喜紅的樣貌寫出來的。不知道虎魔到了書中，會不會也假扮成王熙鳳的模樣？他得仔細分辨，不能莽撞。萬一抓錯了人，可就毀了一部曠世鉅作。

王熙鳳叫婆子們去灶房端飯菜過來，湯之鮮便跟著一同前去。

曹府的灶房裡面有兩座四口灶，可以同時燒八口火，要是疊上了蒸籠，可以蒸煮幾十道菜。裡頭的廚子人數眾多，男女老少都有，少說十五人，燒柴的燒柴，切肉的切肉，炒菜的炒菜，大夥兒各司其職，活像個食品工廠。

一個廚子跑過來輕聲叫他：「湯老爹。」

「啊！小余，你怎麼也來了？」湯之鮮驚訝的說。

「我是一定要來的，就算沒有你，我也會來抓虎魔。」

「為什麼你當廚子，我卻成了一個老婆子？」湯之鮮不高興的說。

「我在你之後進入光圈，朝不同方向走。」小余說明後又驚訝的說：「這文稿裡竟然有這麼個大戶人家，真意想不到。」

「湯婆子，動作快點！」夏婆子說。

「我回頭得空再來找你。」湯之鮮被人催促，只好先離開。

湯之鮮回去後把飯菜擺好，又到偏房去等候端茶，待賈母他們吃完飯，湯之鮮跟著丫鬟們端茶出去。劉姥姥洗完澡換了衣服，又回到賈母身旁說些鄉野故事。

湯之鮮手上換了扇子，幫身旁的賈寶玉搧風。看他胸前戴著金鎖環鑲嵌的「通靈寶玉」，色澤溫潤，暗暗含光，真是漂亮。

劉姥姥正說著去年冬天有個小姑娘偷她家柴草的事情，忽然外面傳來吵嚷聲。

「怎麼了？」賈母驚訝的問。

「院子南邊的馬棚走水了，已經吩咐人下去救了。」下人稟報。

賈母忙起身，被人攙扶著走出屋外看，湯之鮮也好奇跟上去，只見東南角上火光猶亮。

「阿彌陀佛，快叫人去火神跟前燒香。好端端的，怎麼會突然走水呢？」賈母憂慮的說。

湯之鮮一聽也覺得詭異，於是他悄悄往後退下，轉彎到屋子後側，跳上屋頂，往馬廄去察看。

1 指火災，古代為避諱火神，不直接提「火」字。

第十一章 搜索大觀園

湯之鮮來到馬廄邊，見那屋子雖已滅了火卻還在冒煙，幾個僕人手提木桶，在那兒議論紛紛。

「怪了，明明是火災，為什麼那匹死掉的馬身上不是燒燙傷，而是脖子上有像是被猛獸咬過的傷口？」

「何止咬過？你看那死馬皮膚皺巴巴的，像是給榨乾了。而且起火時天還沒黑，點什麼油燈？該不是遇上什麼鬼祟吧？」

「千萬別說出去，剛才管家來叫大家閉嘴，免得驚動主子們。萬一叫我們編班來巡邏，不是又多了差事不得閒？快快幫忙把馬屍埋了吧！」

湯之鮮聽了，心中推測，一定是虎魔咬死馬，故意放火毀屍滅跡。他看看四周，沒有發現什麼線索，天又黑了，便回到賈母那兒。

「你到哪裡偷懶去了？」費婆子生氣的罵他，「一堆杯盤雜物要收拾，你卻跑得不見人影。你給我說清楚，不然我叫人賞你鞭子。」

「是璉二奶奶叫我去馬廄那兒看看，然後回報給她。不信你去問她。」湯之鮮故意這麼說，他知道費婆子不敢向王熙鳳追究。

「噢。」費婆子果然不再問了，只說：「趕快，都拿到灶房邊的水井去洗。」

湯之鮮跟著幾個婆子、丫鬟去洗碗盤，洗好後他乘機跑去找小余，跟他說馬廄的事。

「我也聽說了。」小余說。

「我想去夜巡。」

「我跟你去。」

「你住哪裡？晚上我來找你。」

「灶房旁邊就是廚子的睡屋。」小余說。

「湯婆子！」湯之鮮聽見費婆子在喊他，只得先回去前廳侍候。

夜半時分，他偷偷起床，來到灶房旁找到小余。

「走！」

就著微弱的月光，兩人穿過重重院落，找到最高的樓房，攀爬上屋頂，從上頭往下眺望。

他們似乎身處大觀園裡面，因為周圍都是樹木水池圍繞，只有數間院落錯落其間，但是夜太黑，哪棟建築是什麼處所，實在無法辨識。

「你看左邊，屋瓦相連，右邊也是。」小余驚嘆的說。

「我在進入靈幻界前，曾讀過芹二爺寫的這部作品。我們腳下就是這裡最高的建築大觀樓，左邊是榮國府，右邊是寧國府。兩府是同一家子，家大業大，加上連在兩府中間的大觀園，占地廣闊，真不知從何查起？」湯之鮮也嘆道。

「大觀園裡也住人嗎？」

「是的。據我所知，林黛玉住在瀟湘館，賈寶玉住在怡紅院，薛寶釵住在蘅蕪院。」湯之鮮解釋，「賈寶玉的大姊賈元春當上妃子，皇帝特許她回娘家省親，賈家因此蓋了大觀園來接待她。事後就給寶玉他們進來住了。」

「原來如此。」

這時假山裡突然有一個影子閃過。

「啊！你看，那裡有隻貓。」湯之鮮驚訝的說。

「不，那不是貓，是老虎。」小余說，「快追！」

湯之鮮原本想施展輕功往前追，但小余不會輕功，只好扶著他從屋頂慢慢爬下來。兩人只看到老虎變成了女人的樣貌，身上穿著華美的衣服，轉眼卻不見蹤影。他們上前搜查，一無所獲。

「哎呀！讓他逃了！」小余扼腕的說。

「園子裡一片漆黑，如果虎魔變成人形，一時也難查出結果。不如我們先回去休息，明早再來打算。」湯之鮮說。

「也好。」小余說。

「我想，從明天開始我自己調查。」湯之鮮說。

「真抱歉，拖累老爹了。」

「如果虎魔藏在園子裡，我用老婆子的身分也比較好進出。」

小余從身上掏出八卦鏡。「老爹請帶著，保平安。」

「不，我有功夫護身，倒是你要照顧好自己，一有機會我就跟你聯繫。」湯之鮮婉拒，「但小心不要錯抓了人，免得壞了芹二爺的心血結晶。」

「我知道。」小余點頭，之後兩人各自回屋歇息。

隔天一大早，費婆子把湯之鮮叫醒。

「你快起來，今天老太太要在大觀園擺宴，還要帶劉姥姥進去逛逛。這一路吃穿用度，又要忙死我們這些下人了。你先到灶房去，把那些點心食器都洗乾淨。」

「好。」湯之鮮正想去灶房找小余。

小余見他來了，迎上前招呼。灶房裡的人知道湯婆子前來準備擺宴的東西，便吩咐他去旁邊拿瓷盤食器。

他捧了一疊洗好的瓷盤，廚子分別在裡面擺上鴿子蛋、豆腐皮包子、燕窩粥。另外有人捧來洗好的描漆木盒，放進了藕粉桂糖糕、松穰鵝油卷、螃蟹餡小餃子、油炸小麵點。小余則在雕漆食盒中放入茄鯗、糟鵝掌……

「老爹，嚐嚐茄鯗。府裡的廚子拿出一大罐，我剛才偷挖了一些。」小余偷偷遞上一小匙。

湯之鮮吃了點點頭。「嗯！有點陳年的糟香，原來是這麼個說不出的香味兒，看那牛姥姥驕傲的樣子，果然有道理。」

「我在這些食物裡頭施放了『破妖符』，虎魔要是吃到就會現出原形。」小余悄悄的說。

「太好了。」湯之鮮開心的說。

他想再吃其他菜，卻被跑進來的夏婆子拉出去說：「你怎麼還在這裡磨蹭。老太太就要進園子了，人手不夠，快來幫忙拿東西。」

他跟著夏婆子回去，見桌上備有陽傘、扇子、水壺、杯子、軟墊，分別由不同的婆子和丫鬟負責伺候。他領到水壺和杯子，隨大家一同來到大觀園門口，這時王熙鳳的聲音從裡面傳出來，她笑著說：「讓我打扮你老人家。」

「哈哈哈！」眾人的笑鬧聲也跟著傳來。

湯之鮮進去一看，劉姥姥頭上被人插滿了各色菊花，一旁賈母等十幾人笑得合不攏嘴。

「我這頭也不知修了什麼福，今兒這樣體面起來！我雖老了，年輕時也風流，愛個花兒粉兒的，今兒索性做個老風流！」劉姥姥笑著說。

湯之鮮仔細觀察每個人，卻見人人笑開懷，自然而不做作，實在看不出異樣。

氣氛歡樂洋溢，眾人就這麼邊走邊聊，說說笑笑的往前走去。

進了一道庭門，只見兩邊翠竹夾路，地上青苔滿布，中間羊腸一條石子砌的甬道。劉姥姥讓出路來給大家走，自己走泥土地，卻一個不小心咕咚一聲跌在地上。

「哎喲！」劉姥姥叫了一聲，大家都拍手哈哈大笑。

湯之鮮沒跟著大夥兒笑，而是嚇了一跳。心想會不會是虎魔搞鬼？再聽她說是自己踩著青苔滑倒，這才解除疑慮。

王熙鳳看見費婆子帶著幾個人捧著食盒走過來，便把他們和湯之鮮帶進秋爽齋去布置早點。

不久賈母領著一群人進來，湯之鮮退到窗邊去小心觀察。

夫人姑娘們坐在屋內擦汗休息，準備吃早點。湯之鮮心想，如果是虎魔，應該不像人這般嬌貴而流汗吧？可是每個人都在擦汗，連賈寶玉都不例外。

對了！湯之鮮想到，虎魔在進入靈幻界之前不是挨了他的油爆拳嗎？就算化成人形，下巴和脖子應該還看得到紅腫，說不定可以從這點查出虎魔。

他正要細看，忽然有人從後面拉他衣服，回頭一看是小余。

「你怎麼在這兒？」湯之鮮驚訝的輕聲問。

「我跑來看誰吃了早點後現出原形。」他輕聲的認真說。

「好，仔細看著。」

湯之鮮再回頭，卻見人人都拿手帕擦汗，遮掩了臉面，一時又難以看出誰身上有挨過油爆拳的痕跡。

但他注意到薛寶釵露出一對尖銳的虎牙，於是轉向小余，指著寶釵輕聲說：「你看那姑娘的牙齒，像不像是老虎的尖牙？」

「不對，那應該只是微凸的犬齒，不是虎牙。」小余仔細分辨後說。

開始用餐時，劉姥姥忽然站起來，高聲說道：「老劉，老劉，食量大如牛；吃個老母豬，不抬頭！」說完鼓著腮幫子，兩眼直視，不發一語。

大家先是愣住了，後來一想，有人捧腹，有人噴飯，哈哈大笑起來。

「唔，噁噁……吼吼……」這時，有個姑娘低頭發出怪聲，眾人都停止說笑，傻愣愣的望著她。

第十二章 虎魔的反擊

安養院內已經是中午了，陳淑美等不到湯之鮮回來，心裡十分焦急。

「奇怪，志達說他每回穿越回來，都跟出發的時間差不多，為什麼湯老前輩去了好幾個小時還沒回來，會不會出了意外？」

原來是王小余開啟「靈幻界」的牆門，使得時空的運作發生了改變，那邊的時間變得跟現代同步運轉著。

下午六點多，志達來安養院，陳淑美對他說：「我昨晚猜想著第三道神菜，突然間嘴裡好辣，腦海中浮現了『口』和『足』兩個字，中間還有一個雙箭頭。我請護士幫我寫下來了，你看。」

口↔足

「這跟第三道神菜有什麼關係？」志達納悶的說。

「我不知道！但很有可能是軒轅石給的訊號。」陳淑美說。「我一看見這兩個字，想到的是『口足畫家』，他們雖然失去雙手，可是努力用嘴巴或腳去使用畫筆，賣畫來養活自己，非常令人敬佩。」

「那跟神菜有什麼關連？」

「這就是我不明白的地方了。」陳淑美搖頭。

「應該不是這樣。」志達搖頭。

「唉！我想了一整天也想不出其他的答案，這個謎題太難了。」

「媽，你別煩惱，我來想想看。」志達一想，「對了，我可以去找方羽萱一起解謎，她是我的智多星。」

「好啊！」陳淑美興奮的說，「羽萱那孩子聰明伶俐，有她幫忙說不定真的可以解開謎題。」

於是志達便帶著那張紙，興致勃勃的離開了。

＊＊＊

秋爽齋內，眾人聚焦一看，那怪聲吼叫竟然是林黛玉發出來的。

只見她臉上頭上都長出了黃毛，一對耳朵升到頭上，尖尖的竄上天，鼻子變黑變寬，臉上額上都冒出黑白黃條紋，脣額裂開，伸出尖銳的虎牙。

「啊！妖怪——」眾人尖叫，紛紛離她遠遠的。

湯之鮮看到虎魔現出原形，埋怨自己早該猜到，林黛玉的身子一向瘦弱，虎魔當然會挑軟柿子吃。

趁虎魔還沒變化完全，湯之鮮先下手為強，一個烏龍茶掌便往他的胸口打去。小余在一旁見狀，也急忙從口袋裡掏出一把銅錢，施法術將銅錢化成一把金錢劍。

虎魔警覺往旁一閃，正巧小余握好金錢劍，順勢往前一刺，可惜沒有刺中。

「吼——」虎魔飛跳過去人群中，隨手抓了薛寶釵。「你們都退下，否則我就咬死她。」

「救命……」薛寶釵害怕的求救。

「不要！不要！」賈母嚇得臉色發白。

「快快放了寶釵，不要隨便傷人。」王熙鳳鼓起勇氣大叫。

「你這妖怪，快放手啊！這麼好的姑娘……」劉姥姥驚慌的說。

「快退後！誰敢上前，我就咬死她。」虎魔抓著寶釵，凶狠的與眾人對峙。

眾人無計可施，只好後退，眼睜睜看著虎魔帶著寶釵往大門移動。

這時湯之鮮快手拿起一個琺瑯杯，往虎魔砸去，杯子打中虎魔的頭，湯之鮮乘機一個箭步過去救回薛寶釵。

虎魔見狀，快步逃出門外。眾人暫時都鬆了口氣。

「這是怎麼回事？家裡怎麼會出現妖怪呢？」賈母驚駭的問。

「昨天傍晚馬廄失火，就是虎魔闖入，咬死馬匹所引起的。」湯之鮮解釋。

「我們昨天夜裡在大觀園內巡查，看見虎魔從假山跑出來，變成一個姑娘。」小余也說明。

「你們一個是剛來的老婆子，一個是新來的廚子，怎麼知道這些？」王熙鳳疑惑的問。

「實不相瞞，其實我們是看到虎魔闖進賈府，特地進來追捕他的。」小余說。

「昨晚我們追捕虎魔變成的姑娘，遍尋不到他的蹤影。當時不知道他假扮成誰，現在顯然知道是林姑娘了。」湯之鮮說。

「啊！林妹妹，她會不會被虎魔吃掉了……」賈寶玉擔憂的哭起來。

「這就難說了。得要派人到假山那兒找找看才能確定。」湯之鮮說。

王熙鳳喚來家丁，叫他們站在門外保護大家，然後又對大家說：「大家待在秋爽齋不要出去。我吩咐幾個有身手的家丁去假山找林妹妹。」

「我也要去。」賈寶玉激動的說。

「不行，寶玉，外頭危險，不准去。」賈母憂心的制止他。

「我一定要去，她如果死了，我也活不下去了。」賈寶玉哭鬧著說。

「不准你說這種話。」賈母不高興的說。

「老太太別擔心，我們跟著一起去，會保護他的安全。」湯之鮮說。

賈母還是不放心，但賈寶玉沒等她點頭便逕自出了秋爽齋。

小余和湯之鮮來到戶外，賈寶玉轉身問他們：「大觀園裡的假山有兩處，一處在東邊，一處在北側，你們看到的是哪一處？」

「我來瞧瞧。」湯之鮮輕功跳上秋爽齋的屋頂，比對大觀樓的相對位置，然後跳下來說：「是大觀樓對面的假山。」

「那麼就是東邊。」賈寶玉急忙帶著家丁出發，湯之鮮和小余緊隨在旁。

來到東邊的假山，他們把每一條小徑，每一塊大石，每一處山洞都搜尋一遍，終於在最隱密的小山洞內找到了林黛玉。她臉色慘白，被人綁住手腳，躺在地上昏迷不醒。

「林妹妹快醒醒，林妹妹快醒醒，嗚……」賈寶玉聲聲呼喚，傷心的哭泣。「你不能死，我們兩個最有話聊了。我送給你的手帕你都收藏好，還在上面題了詩，你答應打給我的絡子還沒做呢！你千萬不能死，快醒醒啊……」

湯之鮮上前探了探林黛玉的鼻息，然後說：「林姑娘並沒有生命危險，只是身子虛弱，失去了意識。」

「大俠，快救救她。」賈寶玉懇求說。

「很抱歉，我身上還有多年前的舊傷，沒辦法為人運功。」湯之鮮嘆口氣說。

「那該怎麼辦？」賈寶玉好憂慮。

「還是請大夫來看，用湯藥針灸比較妥當。」湯之鮮說。

「那就快把她抱回屋子吧。」小余說。

「寶二爺，讓我們把黛玉姑娘抱回秋爽齋吧！」家丁們說。

「不，不准碰她，我自己抱。」他奮力的抱起林黛玉，快步走回秋爽齋。

湯之鮮和小余護送他們回到屋內。

「黛玉醒醒！」

「林妹妹醒來！」

「黛玉快醒來！」

眾人聲聲呼喚，又用冷毛巾為她擦臉，林黛玉依然躺在床上不省人事。

「我們下田時，大熱天裡常有人中暑昏迷，用力壓鼻子下面就能救醒。」劉姥姥提議說。

「你快試試。」王熙鳳說。

「那是人中穴，姑娘體質太虛弱，怕是禁不起……」湯之鮮覺得不妥想阻止，但來不及了，劉姥姥用大拇指往黛玉的人中壓下去。

「啊……」林黛玉痛叫一聲，微微張開眼皮。

「醒了、醒了！太好了！」眾人露出笑靨。

「太好了，林妹妹醒了，太好了。」賈寶玉喜極而泣，握著林黛玉的手，心疼不已。

「黛玉，你記得是怎麼回事嗎？」王熙鳳問她。

「我……昨天半夜有人闖進我的屋子，我驚恐的叫了一聲，然後就不知道了。」林黛玉一邊說一邊啜泣著，似乎還陷在當時的恐懼當中。

「你被虎魔綁走了，他把你藏進假山，假扮成你的模樣，跟我們相處了老半天呢！」賈寶玉又生氣又害怕的說著。

「啊？」林黛玉聽了一愣，渾身發抖。

「小余，人既然救回來了，我們快去抓虎魔。」湯之鮮說。

「對。」小余警醒起來。

他們剛步出秋爽齋，忽然天色一暗，抬頭看去，一片白雲掠過遮住了太陽。

「距離傍晚剩沒多少時間了。」湯之鮮說。

「再不趕快揪出虎魔，我們就要死在這大觀園內了。」小余憂心的說，「可是要到哪兒找呢？」

兩人越說越心慌。

「俗話說『縱虎歸山』，依照老虎的習性，虎魔應該會想躲進山裡。」湯之鮮思索了一會兒說。

「你是指假山？」小余問。

「沒錯。我們剛才找過了東邊的假山，但還沒查過北側的假山。」

小余點頭同意，兩人便到北側假山搜索。可是找遍各處仍然一無所獲。

「呀！」小余靈光一閃，振奮的說，「道家傳說古有四靈獸鎮守四方，玄武鎮守北方，青龍鎮守東方，朱雀守南方，白虎守西方。按照這方位來看，虎魔或許會躲在西邊。」

小余把手往西一指，一棟兩層建築近在眼前，正是大觀樓。

「快過去看看！」湯之鮮說，兩人便快步跑去。

一進到屋內，正廳牆上掛著一幅大大的五福朝壽圖，裡面擺設太師椅、茶几，四面開窗，通透寬敞，沒有看見虎魔。

他們沿著一旁的階梯，爬上二樓的綴錦閣，裡面黑壓壓的，勉強可以看出堆放著花燈、桌椅、屏風等雜物。兩人對看一眼，分頭往屏風後面找去，找了半天都沒有發現，正當他們想下樓時，頭上卻傳來嘎嘎聲，抬頭一看，發現一團黑影躲在上頭，把木造的梁柱壓出聲響。

「果然躲在這兒。」小余揮起金錢劍往上跳，可惜不會輕功搆不著，只能跑到階梯口，擋住去路。

湯之鮮飛跳上去出掌，虎魔現身一閃，跳到另一道橫梁。

「諒你插翅也難飛。」湯之鮮跨過去再打，虎魔不接招，而是轉身破窗，直接從閣樓跳了下去。

湯之鮮跟著從窗戶一躍而下，小余也快跑下樓，朝他們背影追上去。

小余氣喘噓噓的來到一座高聳的牌坊前，看見湯之鮮似乎停在那裡等他。

「我一路追著虎魔，但追到這裡時他竟然消失了。」湯之鮮解釋說。

小余抬頭一看，牌坊上刻有「省親別墅」四個大字，後面是一座宏偉的建築，裡頭幾個家丁，似乎在打掃環境。

「如果虎魔又假扮成人，真不知該怎麼查才好？」湯之鮮指著裡面，憂慮的說。

「不，他既然吃下『破妖符』，就沒辦法再化成人形。」

「那就好。」湯之鮮放心的說。

他們彼此互看一眼，一起往建築走去。

來到大門前，發現兩側牆上雕刻著浮雕，一邊是刻有雲朵和兩條龍身的「雙龍搶珠」，一邊是雕有風吹竹林和大小老虎的「虎母虎子」。

湯之鮮仔細打量著「虎母虎子」，懷疑會不會是虎魔偽裝而成的，但來回檢查卻不覺有異，便打算往裡頭走去。小余原本跟在湯之鮮後面，忽然眼角餘光感覺到浮雕上微微動了一動，便回頭一劍刺向牆上的母虎。

剎那間虎魔從牆上跳出來，但爪子已中了一劍，流著鮮血。

「老爹，快來！」小余喊聲，湯之鮮回頭看見老虎逃跑的背影。

他們回到牌坊下，但虎魔又消失無蹤。

「你怎麼知道虎魔躲在那浮雕裡？我怎麼看不出來？」湯之鮮納悶的問。

「一來裡面的家丁都從容的在打掃，可見虎魔沒有進到屋子驚動他們，我因此推測虎魔躲在外面。二來他躲過你的檢查後鬆懈，眼珠子動了動，被我發現。」

「你果然機靈。」湯之鮮讚賞的說。

他們循著地上的血跡來到一座院落外，大門上寫著「怡紅院」三個字。

「是賈寶玉的住處。」湯之鮮說。

他們進到屋內，並不見虎魔的蹤影，卻看見一面兩公尺高的大鏡子立在牆邊，整套的鑲貝殼紅木桌椅擺在中央，一旁博物架上擺放著銅鼎、瓷瓶、象牙，牆上掛有風箏、書畫，還有一位美女的壁畫，滿屋子裝飾品，琳瑯滿目。

「這美女壁畫跟真人一樣大小，畫得好逼真。」湯之鮮說，「要不是虎魔吃了『破妖符』，我一定會懷疑這美女壁畫是他變成的。」

小余查過櫥櫃內外、床上床下，又抬頭檢視屋梁，都沒有發現異樣。

「這幅畫有題詩落款。」湯之鮮來到牆上一幅山水畫前，驚喜的說：「《山路松聲圖》，這是唐伯虎的畫作呀！」

「什麼？你說什麼虎？」小余聽到「虎」字心裡一驚。

「是明朝有名的大畫家，唐寅，字伯虎。你說這虎魔會不會跑進畫中的山林裡了？」湯之鮮說。

小余抬頭一看，那畫裡有幾座高聳的大山矗立在江邊，山上有瀑布飛泉和嶙峋怪石，古松枝葉繁茂，樹幹蜿蜒如蟠龍，整幅畫氣勢雄偉，引人入勝。

「如果虎魔進到畫作裡，我們豈不是得進去追查，可是時間不多了呀！」

「如果真是這樣，只有燒掉畫作了。」湯之鮮嘆口氣說，「只是可惜了這些珍貴的藝術品。」

「那得先確定畫裡有老虎才行。」小余把鼻子湊過去，仔細查看山石樹木後面，有沒有老虎的影跡。

這時美女壁畫突然流下一道紅色血痕，一條黃澄澄的尾巴從畫中的美女身後冒出來，說時遲那時快，美女身後跳出一隻寬額吊睛的老虎，張開尖牙利嘴要去咬王小余。

湯之鮮從鏡子裡看見了，回頭出掌。虎魔閃身躲過，又伸出爪子去抓小余。小余不留意，被虎爪一揮，衣服破了一個大洞。

湯之鮮施展全脈神功第二式，虎魔中了一掌，暈眩大吼，撞倒一張茶几。王小余揮起金錢劍要刺過去，虎魔見狀奪門而出，他們趕緊追出去。

虎魔受了傷，奔跑速度慢了下來，眼看湯之鮮只差幾步就要抓到虎魔，虎魔竟然轉了個方向，闖進夫人姑娘們聚集的秋爽齋。

「啊！」大家看見虎魔闖進來，放聲驚呼，四下竄逃。

虎魔看準目標，一把搶走賈寶玉脖子上的「通靈寶玉」，然後轉身跑出去。

「別想跑！」湯之鮮及時趕到，在門外把虎魔攔截下來。

「是你們別想跑，今天就是你們的死期。」虎魔拿出藏在懷裡的錦囊，掏出蚩尤石，將寶玉和石頭放在一起。他的手中迸發出紅、藍、黃、綠、白的光芒，虎魔張開嘴，把五色光吸進嘴裡。

下一秒，虎魔便對著湯之鮮噴出熾熱的紅色火焰。

湯之鮮舉起右手遮擋，袖子瞬間著火，嚇得他直找水滅火。這時，他發現自己的手呈現半透明，看天色已是黃昏，怕是一晝夜的時間要到了，他即將魂飛魄散的前兆。

「糟糕！」他驚慌失色叫道。

第十三章 真相大白

志達離開安養院，先撥手機給羽萱，羽萱卻關機了。

「她應該是在補習。」於是他用手機把那張紙拍下來，傳到少年廚俠的群組，並留言：「這道謎題和第三道神菜有關，據說是一道辣味的菜，請幫我一起想想謎底。」

很快的，群組裡傳來回覆。

繼程：什麼跟什麼？是食材嗎？

志達：如果是食材，會是什麼？

繼程：鴨舌和雞腳？辣的滷味嗎？

志達：那些算不得什麼名菜呀！只是一般的小菜。

繼程：不一定，說不定就是。

志達：好，我來試試看。

志達改用手機的地圖功能搜尋附近的美食資訊。他在螢幕上滑了滑，找到最近的一家滷味攤，買了辣味的鴨舌和雞腳。

「就是一般的滷味，沒有特別的感覺。」他搖搖頭，腦中並沒有出現祕笈的圖樣，也沒有出現什麼菜名。

他又在群組裡留言。

志達：我買了辣鴨舌和雞腳吃，它們並不是神菜。

繼程：口，會不會是豬舌？足，會不會是豬腳？

志達：我還在滷味攤前面，我試看看。

他又買了辣豬舌和豬腳，吃了之後一樣沒有靈感。

志達：吃了，都不是。

羽萱：吃那麼多辣滷味，你不渴嗎？

志達：你下課了？

羽萱：對啊，我在回家的路上。我瀏覽了你們之前的對話，我覺得沒有那麼簡單，你們都沒有注意到那個雙向箭頭。在化學反應方程式裡，雙向箭頭是指可逆反應的意思。

志達：把豬舌變成豬腳？又把豬腳變成豬舌？這說不通啊！

繼程：外公在催我練功了，你們先討論。

志達：好的。羽萱，我去你家找你，好嗎？

羽萱：好。

＊＊＊

湯之鮮用秋爽齋旁的大水缸滅了火，但右手已經灼傷，虎魔見他無力回擊，便張牙舞爪再次噴火。剎那間一面巴掌大的八卦鏡擋在火前，火勢竟被反射回去噴向虎魔。虎魔沒料到會遭火焰反撲，連忙丟掉蚩尤石、錦囊和通靈寶玉，摀著燙傷的臉。

原來小余趕到了。湯之鮮回頭，見小余的身體也開始變得半透明，心裡更加慌張。

小余見機不可失，拿起金錢劍，刺進虎魔的腿。

「嗚啊——」虎魔痛苦的咆哮。

小余上前把劍尖抵住虎魔咽喉，虎魔不敢再動。

「老爹，快撿起地上的蚩尤石和錦囊。」小余喊著說。

前方突然出現了金色光圈，小余回頭叫說：「老爹，快從光圈跳出去。」

湯之鮮撿起東西，急忙跳出去，回頭看見虎魔被小余控制著，跟著小余一起跳了出來。

＊＊＊

芹二爺的房間內忽然變得擁擠。芹二爺一看見他們出現便站起來，一改擔憂的表情，驚喜的說：「你們總算回來了！」

「這虎魔太狡猾，假扮成林黛玉姑娘，我們花了好大力氣才找到他。」小余說。

「那文稿中一切都還好嗎？」芹二爺擔心的問。

「別擔心，林黛玉雖然被虎魔綁起來、藏進山洞，但後來找到了，她平安無事。」湯之鮮說。

芹二爺鬆了一口氣，狠狠的瞪著虎魔：「你說，你為什麼要毒害我大哥？」

虎魔低頭不語。

接著芹二爺拿出一個罐子，倒出裡面的黑色粉末，憤怒的說：「這是牛姥姥口中的『大補粉』。我一早請了別的大夫，他檢查出這是晒乾的蜈蚣磨成的粉末，具有強烈的腎毒性。你這狠毒的妖魔，我大哥跟你有什麼仇？」

「快說！」小余用金錢劍威嚇虎魔，虎魔終於開口。

「曹風竹跟我暴虎沒有仇，只怪他中舉後執意要帶汪喜紅到外地當官，又不斷的催曹雪芹求取功名，我只好下毒讓他無法順利就任，也沒力氣管事，才能讓曹雪芹好好專心寫作《石頭記》。」

「你為什麼那麼希望芹二爺寫作《石頭記》？」小余問。

「一切都是蚩尤石的計謀。曹雪芹在小說中寫下的『通靈寶玉』，其實是蚩尤石在『靈幻界』所製造的另一個蚩尤石。」虎魔說。

「另一個蚩尤石？」芹二爺滿臉困惑。

「蚩尤石曾指示我，等到曹雪芹完成這本書的那一日，『通靈寶玉』便會聚足飽滿的靈力。到時，我會帶著蚩尤石進入文稿中，跟『通靈寶玉』合併成為一顆巨大的魔石，如此一來，便能打敗它的宿敵『軒轅石』。」虎魔說。

「原來是這樣。」湯之鮮恍然大悟。

「不料我的身分被你們識破，我只得提前躲進文稿中等這本書完成。又沒想到你們竟然會進到裡面去抓我，我只得提前把蚩尤石和『通靈寶玉』合併。誰知『通靈寶玉』的靈力還很薄弱，害我一敗塗地。」虎魔喪氣的說。

「阻礙芹二爺寫小說的人不止竹大爺，你為什麼偏偏毒害他？」湯之鮮問。

「我先對他下手，再來會是老爺，接著就是芹二奶奶。」虎魔說。

「天哪！你太可惡了。」芹二爺生氣的說。

「這麼說來，原本的汪喜紅呢？」湯之鮮轉頭問虎魔，「是你殺了她嗎？」

「不，她早就已經死了。」虎魔說。

「啊，我想起來了。半年前，大嫂生了一場大病，纏綿病榻，遍尋名醫也束手無策。」芹二爺恍然醒悟，「那時家中已經著手準備喪事，沒想到有天一早，她竟然生龍活虎的出現在大家面前。大家都欣喜她能起死回生，根本沒想到竟然是虎魔假冒的。」

「那屍首呢？」小余問。

「我藏到郊外的山洞去了。」虎魔答。

「還有，大哥就是在那之後才開始生病的呀！大哥以前身體健壯，自從大嫂死而復活之後，他的身體就江河日下，懶言少語，到後來只能下床走動卻出不了門。」芹二爺感嘆的說，「我也是在那之後，撿到錦囊的呀！」

「該怎麼處置虎魔呢？」小余問。

「這是曹家的禍害，請芹二爺發落。」湯之鮮看著芹二爺。

「再怎麼說也是一條性命，就把他關進籠子吧！」芹二爺說。

「那得打造一個堅固的鐵籠才行。」湯之鮮顧慮的說。

「但在籠子做好之前，該怎麼處置他？」小余說。

「先用繩子綁住四隻腳。」湯之鮮說。

趁三人談話之際，虎魔竟冷不防張口去咬小余的手，小余驚覺把手一收，手上的金錢劍也鬆落到地上。

匡啷！金錢劍化回一堆銅錢，散落一地。

虎魔乘機竄起，湯之鮮急忙出掌，但他先前在靈幻界受了傷，功力所剩無幾，虎魔只是被他推了一把，往旁跨了一步。小余急忙去撿銅錢，想再施法造出金錢劍，但虎魔奮力往窗外一跳，轉眼失去蹤影。

「啊！被他逃了。」芹二爺慌張的說。

「湯老爹受傷，我又不會輕功。算了，他已經受了傷，學到教訓，不敢回頭來鬧了。」小余望著窗外搖搖頭說。

「那這石頭怎麼處理？」芹二爺問。

小余想了一會兒，便把蚩尤石放進錦囊，把封口的繩子綁緊。「我作法將它封印，鎮壓住蚩尤石的魔力，請芹二爺仔細保管著，繼續借助石頭的靈感完成小說，將來把石頭作為傳家寶，傳給子子孫孫。」

「太好了。」芹二爺高興的說。

「給我剪刀和針線。」小余說。

芹二爺把東西備齊，小余作法之後，從身上衣服剪下一小塊布，在上頭繡上「王小余封印，乾隆十三年」，然後縫在錦囊的封口處。

「好了。」他把錦囊交給芹二爺，再次慎重的說：「將來千萬要告誡子孫不得開啟封印，否則會帶來可怕的大災難。」

「我會的。」芹二爺鄭重的承諾。

原來如此。湯之鮮心想。他終於得知為何自清代以來，無人知曉蚩尤石的下落。他靜靜走到外頭，拿出鐵片往軒轅打火石敲擊。

「雷金流火，天地玄黃，元祖叱吒，萬古流芳，天清清，地靈靈，回到出發的地方……」

半夜兩點多，安養院的病房內冒出一陣藍色火光，陳淑美被嚇醒了。火光很快消失，湯之鮮站在病床前，把軒轅石交給陳淑美說：「還給你。」

「湯老前輩，你受傷了。」陳淑美看到他右手的傷勢，驚訝的問：「怎麼回事？」

「這是小傷，比較麻煩的是此番前去調查，耗損許多內力，恐怕需要再靜心調養了。」湯之鮮虛弱的說著，把他調查的經過和結果都說給陳淑美聽。

「原來蚩尤石是因為這樣才消失的。」陳淑美驚訝的說，「它既然是由曹雪芹收藏，代代相傳，這位主上很可能姓曹。」

「沒錯。」湯之鮮說。

「但我過去並沒有和姓曹的人結仇啊。」

「在我退隱之前，也遭受過那個主上的毒害，不見得是跟你我有仇，對方應該是為了祕笈和軒轅石而來。」

「如果不是仇人，又要從何查起呢？」

「的確難辦。但這不失為一個線索，你且放在心上，我也會趁靜養時暗中調查，一得到消息就會想辦法通知你。」

「好，我記下了。多謝湯前輩。」

「我走了。」湯之鮮說完打開窗戶，翩然離去。

＊＊＊

志達來到羽萱家已經是晚上八點，羽萱說：「我爸媽出去應酬還沒回來，你可以自在一點。」

「你爸行動不方便還去應酬？」志達問。

「他閒不住的。如果讓他在家待兩天，什麼事都不做，他就一副快要生病的樣子。」

「來，」志達掏出那張紙，「你剛才講到雙箭頭是可逆的意思。然後呢？」

「然後……」羽萱接過紙條在客廳沙發坐下，「讓我想想。」

羽萱看了看紙條，說：「上回那個謎題：管子登高不見天，后羿十箭射玉兔，吳越美女背娃娃，節節高昇第一步。用的是中國歷史故事當謎題，這次的

『口』和『足』會不會也是同樣的方式呢？」

「嘴巴變成腳，腳變成嘴巴？」志達困惑的說，「有這種歷史故事？」

「好像沒有。如果是真的就太可怕了。」羽萱想了一會兒又說：「不過西洋的童話故事裡倒是有用聲音換雙腳的故事。」

「啊！你的意思是說，這個『口』字其實是說話的聲音，用聲音來換雙腳，那是安徒生童話裡的……」

「《人魚公主》。」兩人不約而同說出同樣四個字。

「對，聲音甜美愛唱歌的人魚公主愛上了陸地上的王子，因此想要把魚尾巴變成一雙腳，上岸去跟王子結婚。女巫有魔藥可以實現她的願望，但是必須用甜美的聲音來交換。人魚公主喝下魔藥，長出一雙腳，卻變成了啞巴……」羽萱越說越難過。

「如果是這樣的話，雙箭頭就不是可逆的符號，而是交換的意思。」志達說。

「沒錯。」羽萱點頭。

「人魚公主是指哪一道菜，魚香肉絲嗎？」志達問，自己都覺得好笑。

「有可能。」羽萱想了想又說，「這道菜是辣的，說不定就是。」

他們上網查資料，魚香肉絲的材料裡並沒有魚，而是用泡紅椒、鹽巴、醬油、白糖、薑末、蔥等佐料炒出魚肉的香味。

羽萱打開冰箱，說：「家裡有豆瓣醬、豆腐、青菜、蔥、薑，但沒有肉絲和泡紅椒。」

「沒關係，這附近有家超市，我現在就去買回來做做看。」

志達從超市帶回了魚香肉絲的材料，按著食譜的作法，在廚房依樣畫葫蘆的做出來，聞起來果然有魚香味。他和羽萱嚐了一口，雖然非常可口，卻沒有特殊的感應。

「不是這道菜。」志達搖搖頭。

「沒關係，再想想。」

「人魚公主是美人魚。」志達想了一會兒，又說：「是棲息在水裡的魚。」

「不，她不是魚，她是公主，是水裡的女人才對。」

「水裡的女人？有這種菜名嗎？」志達忽然冒出靈感，「等等，水也可以是波浪，水波下的女人，『波』加『女』是個『婆』字。」

「有什麼辣的菜是用『婆』來命名？」羽萱疑惑的問。

「有！」志達忽然開竅似的，開心的說：「麻婆豆腐。」

「對耶，值得試試看！」

他們又上網查麻婆豆腐的食譜，材料是：豆腐、豆瓣醬、蔥花、豬絞肉、花椒、蒜末、香油、醬油、糖。

「冰箱有豆腐，也有豆瓣醬和花椒，就是缺豬絞肉。」

「剛才買的肉絲還剩很多，把它們剁成肉末就好了。」

「那太好了，馬上就來做。」

志達重新拿起菜刀，整備材料，按著食譜烹煮出香噴噴的麻婆豆腐。

「哇，好香。」羽萱嚐了一口，誇讚的說：「真好吃。」

志達也吃了一口，卻忍不住吐舌頭叫說：「天哪！好麻好辣。」

「還好吧，辣度剛好啊。」羽萱訝異的說。

志達覺得滿臉熱烘烘的，腦中出現了祕笈的圖樣，並且在大鼎上方浮出第三道菜的名稱「麻婆豆腐」。

「沒錯，就是它。」志達開心的說。

「快，用軒轅石回到古代去學這道神菜。」羽萱也興奮的說。

「噢，不，石頭現在在我媽那兒。」

「為什麼？」

「這個謎題就是石頭給她的提示。」志達解釋，然後又說：「我現在就去跟她拿軒轅石。」

「那我不跟你過去了，我剛補習完，作業都還沒寫呢！」

「好，你在家裡等我的好消息。」

志達告別羽萱，直奔安養院。

「媽，我知道第三道菜是什麼了。」

「是什麼？」

「是麻婆豆腐。」志達興奮的說，「我現在就回去古代學習神菜。」

陳淑美很高興志達解出湯老前輩留下的謎題，又想跟他說主上姓「曹」的事情。但一心想學習神功的志達，已經一把拿走她手中的石頭，喊出：「雷金流火，天地玄黃，元祖叱吒，萬古流芳，天清清，地靈靈，全脈神功，請示薪傳——」他拿出預備在身上的鐵湯匙敲擊石頭，「麻婆豆腐……」

病房裡再度燃起了純青的火焰。

第十四章
劫富濟貧的義賊

火焰消失時，志達發現自己處在黑夜裡，頭頂著一片月光，他站在高牆大院的外面，身旁有高聳的樹林。他徬徨茫然，不知要去哪裡？難不成這高牆大院等著他進去探索？

正當他想施展輕功跳上高牆的時候，忽然聽見急促又凶惡的吼叫聲。

「賊兒別跑……」

「剛才他被棍棒打中受了傷，想必逃不遠的。」

「不只一個，還有另一個，快分頭找。」

一聽這些話，志達猜想是有人在抓賊，便趕緊往林子裡跑去，並且輕功躍上大樹，免得一不小心被人當成賊就不好了。

不一會兒，一群家丁手執棍棒和燈籠來到他附近，直嚷嚷：

「人呢？人呢？剛才還看見在這兒，怎麼一下子就不見了？」

「一定是躲進林子去了。」

「快進林子找去。」

志達一聽，急跳到另一棵葉子更茂密的樹上，把手腳收緊，緊靠著樹幹。

家丁們散入林子裡，他居高臨下，看見他們在底下來回穿梭。那些人的後腦勺都繫著辮子，穿著窄袖的上衣，看起來是清朝人的打扮。

「沒有。」

「我這邊也沒看到。」

「這裡也沒有。」

他們追查後一無所獲，只能悻悻然離去。

等人走遠了，志達跳下樹，想著下一步該往哪裡去。這時候去大宅院敲門似乎不大好，還是要待在外面，等天亮再過去探問嗎？

「這位大俠……」志達的身後忽然傳來微弱的聲音。

他轉身搜尋聲音的來源，但林子裡一片漆黑，什麼都看不見。

「請大俠幫幫我，我的腰扭傷了，上得來卻下不去，不知如何是好？」

志達朝聲音來源看去，一個微微晃動的影子吸引了他的目光。他靠過去細看，發現樹上有一隻手在揮動，便不高興的說：「哼！原來你就是剛才被那群人追捕的盜賊，你還敢向我求救。」

「我看你剛才躲進林子，才以為你跟我一樣是劫富濟貧的義賊。」

「劫富濟貧？」志達好奇的問，「怎麼說？」

「前方那戶大宅姓江，家財萬貫卻為富不仁。江老爺常常苛扣佃農，又與官府勾結，欺壓百姓，因此我才偷盜他的錢財，發給貧苦的人家。」

「這麼說你是替天行道？」

「我不敢這麼說，我只是希望窮人也能過上好日子。」

「是我錯怪你了。」志達急忙躍上樹梢，將他解救下來。

「感謝救命之恩。我叫做陳興盛，請問大名，日後有機會必將報答。」那個人落地後感激的說。

「我叫做林志達，不用報答我了。」

陳興盛歪著腰、跛著腳，踉踉蹌蹌的走出林子，月光下他看到志達的模樣，驚訝的說：「啊！想不到你小小年紀，竟然就有如此厲害的輕功。」

「陳大哥客氣了。」志達看他不良於行的樣子，關心的說：「你受傷了？」

「一點傷不礙事，告辭了。」陳興盛說。

「等等，我無家可歸，你能不能帶我回去，讓我跟在你身邊，一起幫助窮苦人家？我會一點灶房裡的工作，不會拖累你的。」

「看你武藝高強又懂廚藝，難不成是灶幫的弟子？」

「沒錯。」

「太好了。我是華山派的，師父曾說我華山派原名花三派，屬於灶幫底下的一個分支，所以追古溯源起來，我們還是一家人呢！若小俠不嫌棄，就請跟我走。」

「謝謝你。」

志達看陳興盛疼痛難當的模樣，便提議由他背著陳興盛行動。陳興盛住得遠偏，志達用輕功奔馳，竟花了一個多小時才到達。

屋子裡早已點了一盞燈，他們推門進去，裡面有一個婦人迎出來，欣慰又驚嘆的說：「太好了！你總算回來了，我真怕你被他們抓走。我甩開他們之後，又偷偷回到江府去打探，一直等到全部的家丁都回來，嚷著說沒抓到人，我才敢回家。」

「這位小俠叫林志達，多虧他把我從樹上救下來，如果沒有他相救，你也不知道去哪裡找我。」陳興盛說完又轉身介紹，「志達，這是我內人。」

「感謝這位小俠。」婦人說。

「不敢當，叫我志達就好了。」志達連忙打招呼。

「人家都叫我陳麻婆。」婦人爽朗的說。

志達就著燈光，終於看清楚婦人的臉。原來她臉上布滿了一點一點的麻子，難怪人家稱呼她陳麻婆。

這時陳興盛在油燈旁坐下，解開蒙面的黑布，志達赫然看見他的臉頰上長著一顆拳頭大小的毒瘡，一隻眼睛受到擠壓瞇成了線。

「這是怎麼回事？看起來好嚴重……」他驚訝的指著問。

「碰不得。」陳興盛急忙阻止。

「唉！他這毒瘡已經很久了，每天又腫又痛，稍微碰到就會劇痛難當。還好不至於影響生活，只是不能吃太硬的東西。」陳麻婆心疼的說。

「有看過大夫嗎？」志達關心的問。

「看過了，大夫也不敢動它，只說絕對不可以喝酒，否則瘡毒會攻腦入心，引發癲症。」陳麻婆說。

「自患上毒瘡後，我平日很少吃大魚大肉，儘量多吃些幫助消炎清熱的豆腐，讓我的臉頰可以舒服一點。這也是大夫叮囑的。」陳興盛無奈的說。

「這毒瘡是怎麼來的？」志達好奇的問。

「那是一次我們出外偷盜時，遇到一個名叫鄧捷的貪官，我們沒料到鄧捷會陰毒的功夫，用了毒針使我中毒，生出這毒瘡。」陳興盛感慨的說。

「什麼陰毒的功夫？」志達的好奇心繼續被挑起。

「我不知道，不過我很幸運，鄧捷射出的毒針只從我臉上輕輕擦過，如果正中我的身體，我不敢想像後果會是如何。」陳興盛說。

「必死無疑啦！」陳麻婆插話說。

「鄧捷人呢？」志達義憤填膺的說，「我去找他，向他拿解藥。」

「鄧捷早被調派到遼西去了，距離四川十萬八千里。」陳麻婆笑著對他說，「就算你去跟他要，他也不會給你啊！」

「那是什麼樣的毒？」志達又問。

「不知道，但聽說他師承武當派底下的五毒宗，每到初一十五都會飲用五毒卵製成的湯藥，維持身體極陰的體質，才能修煉那門功夫。」陳興盛說。

「聽起來好詭異。」志達說。那會是五毒陰功嗎？志達想起媽媽中毒的情況，懷疑兩種毒或許有關連？

陳麻婆檢查完丈夫的傷勢後說：「你腰間的一條筋被打腫了，連帶牽連到大腿的肌肉，所以才會連走路都有困難。」

她運功凝聚內力，在他腰背上灌入真氣，不一會兒陳興盛舒了口氣說：「呼，輕鬆多了。」

志達不知自己來到什麼年代，好奇的問：「不知道現在的皇帝是誰？」

「同治皇帝已經登基多年，不過聽說兩宮垂簾聽政，真正當家的是西太后。」陳麻婆回答。

「無所謂，我們四川首府成都這兒，天高皇帝遠，誰當皇帝對我們來說都一樣，地方上都是官商勾結，橫征暴斂。」陳興盛氣憤的說。

「朱門酒肉臭，路有凍死骨。我們每天都看到這樣的場面，因此才決定要劫富濟貧，幫助窮人。」陳麻婆忿忿的說。

陳麻婆又在丈夫的腰間推拿幾下，之後陳興盛站起來活動四肢，似乎已無大礙。

「今天劫來的黃金在哪裡？」陳興盛問。

「就在床底下，一共五十兩黃金。」陳麻婆說。

「拿一兩送給志達。」陳興盛說。

「不，我不要錢，我是敬佩你的義舉才幫你的。」志達婉拒了。

「那你就放心住下來。」陳興盛說完又對妻子解釋，「志達無家可歸，我答應讓他跟著我們。」

「太好了！我這就去打掃後面的空房。」陳麻婆說完便往屋內去。

「志達，我夫妻平常在大戶人家當廚子，剛才你說你會一些廚藝，明天就和我們一起出門，跟著我們一起做菜，互相也有照應。」陳興盛說。

「主人會不會不答應？」志達擔心的問。

「前陣子剛有廚子離開，一直找不到適合的人接手，有我替你擔保，沒有問題的。」

兩人又閒聊幾句後，陳麻婆走進來說：「屋子都打掃好了，沒事就早點休息吧，明天還要早起呢。」

隔天一早，志達隨陳興盛夫妻來到一處大宅院，光從宅院雄偉的外牆來推估，這一戶人家比昨晚的江富翁家大了好幾倍以上。

「這是哪裡？」他好奇的問。

「四川總督吳棠的家。」陳興盛說。

「什麼？是官府？」他驚訝的說。

他們夫妻厭惡官府，怎麼還在官府當廚子呢？難道嘴巴說一套，做的又是一套？說不定連什麼劫富濟貧都是在騙我的？我會不會中了他們的圈套了？

可是志達人已經進到府裡了，只能暗中觀察情勢，再做打算。

第十五章 善行鑄成大錯

陳興盛帶他去見府裡的畢管家，畢管家聽他們夫妻說完，同意僱用志達幫廚。

接著，陳興盛又帶他去拜見一位老先生：「這位是林爺子，負責照料老爺的飲食起居。老爺原籍安徽，到各地上任都會帶著他，因為他做的徽菜最對老爺的口味。」

「見過林爺子。」志達恭敬的行禮，「我還以為來到四川必須煮川菜呢！」

「當然要煮川菜，老爺雖是安徽人，但要求我們每餐都要做一半分量的川菜，他和夫人都喜歡吃。」陳興盛補充說。

原來林爺子負責煮徽菜，陳興盛和他的妻子則負責煮川菜。

傳說四川人愛吃辣，志達進到吳府後真是見識到了。灶房裡有一大罈的花椒油，不管回鍋肉、黃燜鴨、辣子雞，都要淋上一大匙。

「我帶你去看老爺最愛吃的一道菜。」林爺子說著，帶他們來到灶房後頭的一個大缸邊，他掀起大缸上頭的大片瓦蓋子，一股臭味嗆鼻而來。

「噢，好臭！」志達連忙捏起鼻子，「什麼東西怎麼那麼臭？是臭豆腐嗎？」

「不，看清楚，是醃鱖魚。」林爺子笑著說，「這醃漬的鱖魚聞起來臭，但是炸過之後，配上五花肉絲、青蒜、冬筍，再用黃酒和醬油紅燒，吃起來可是香嫩無比。」

然後他又走到蔭涼的屋簷下，指著兩個竹編的圓蒸籠說：「你來看，這也是好吃的徽菜，別的地方沒人這樣做的。」

志達不知該怎麼形容蒸籠裡的東西，那裡頭擺放了一塊塊像是方形蛋糕的東西，但彎腰去細看，發現那上面覆蓋了一層黃色的細毛。

「這東西好可怕！」他訝異的說。

「這叫毛豆腐。」林爺子笑著說，「別看它模樣奇特，那是故意在豆腐外層抹了麴菌，讓豆腐發酵長毛，拿去油煎來吃，酸酸甘甘滋味很好。」

吳府裡人丁眾多，每日料理的飯菜量也大，志達跟著他們三人忙了大半天，總算大功告成。

吃完晚飯由吳府的婆子們負責善後，廚子們天黑前便能回家休息。

回到陳興盛家中，志達忍不住問他：「你既然討厭那些欺壓百姓的官府，為什麼要去幫他們做菜，那不是為虎作倀嗎？」

「我和我妻子都是來自鄉間草莽，我們刻意待在官府，就是為了方便打探哪些富商與官府來往勾結，然後半夜潛入他們府中偷盜財物，再暗中救助窮人。」陳興盛解釋道。

「噢，原來是這樣啊。」志達說。

「志達，今晚就跟我們去分送錢財吧！」陳麻婆對他說完就到屋外負責看守，陳興盛則拿了榔頭、菜刀，將昨晚偷盜來的那些金元寶分成小塊。志達實在不敢相信，原來金元寶那麼軟，他把菜刀架在元寶上用榔頭去敲，竟然花不了多少力氣就切斷了。

「這樣才能分給更多窮苦的人。」陳興盛很有經驗的說。

當天夜裡，三人換上黑衣一起出門，他們用輕功在屋頂上移動，再伺機跳下去。那些棲身在暗巷、破屋裡，穿著破爛、身形消瘦的乞丐和窮人，都得到三人分送的黃金。他們拿到時都千恩萬謝，但沒有特別驚喜，想必並非第一次得到幫助。

直到附近的窮人發送得差不多了，陳麻婆才說：「該回去了，剩下的一半明晚再去發給更遠的窮人。」

三人回到住處後，看時間不早便各自回房休息。

隔天一早，志達被一陣驚叫吵醒。

「哎呀！不見了！怎麼好端端的不見了？」那是陳麻婆的聲音。

他跑過去一看，原來一覺醒來，陳麻婆發現床底下的半袋金子不翼而飛。

「是我睡得太沉嗎？怎麼有人闖進來偷東西，我卻全然不知呢？」陳興盛困惑的自問。

陳麻婆翻找屋子，發現還少了其他東西。「萬紫千紅香也不見了。」

「啊，我懂了，有人趁我們睡覺時偷了我們的迷魂香，用香迷昏我們，他再不疾不徐的偷走金子。」陳興盛猜想。

「萬紫千紅香？」志達好奇的問，「那是什麼？為什麼可以把人迷昏？」

「那是用罌粟花、曼陀羅花、迷魂草和勾魄果，去磨成粉末所製的香，只要一聞就會不省人事。」陳麻婆說明。

「你們偷盜時用迷魂香嗎？難道不會自己先被迷昏？」志達好奇的問。

「蘿蔔乾可以解毒，我們事前會吃下蘿蔔乾。」陳麻婆說。

「小偷也知道解毒的方法嗎？」志達說。

「看起來是這樣。」陳興盛生氣的說。

他們無可奈何，只好先把這事擱在一邊，趕著到吳府去做菜。

誰知一到吳府後門，畢管家就等在那兒對他們說：「你們遲到了，碰巧今天林爺子請病假，只剩你們三個廚子，動作快！」

「請病假？他怎麼了？」陳興盛問。

「不知道，他剛才遣個小毛頭來傳話，說是頭痛欲裂，跑去鄉下找大夫去了。」畢管家焦急的說，「老爺今天想吃的川菜是水煮牛肉、粉蒸肉、螞蟻上樹；徽菜有香菇盒、鳳燉牡丹、山藥燉鴿。其餘菜色由你們自由發揮，材料我都已經買好了，你們快去做吧！」

「鳳燉牡丹是什麼？」志達還沒聽過這道菜名。

「就是老母雞、豬肚燉火腿，快點做吧！」畢管家說。

這一天很忙碌，由於陳家夫妻還要負責他們不熟練的徽菜，忙得三人人仰馬翻。

傍晚離開前，陳興盛把志達叫過去。志達走近他身邊，發現他拿著一個甕，盯著裡頭對志達說：「這裡面的蘿蔔乾都不見了。」

「什麼意思？」志達不知道陳興盛為什麼要說這個。

「老婆，你來看。」他又叫陳麻婆過來。

陳麻婆一看甕底朝天，驚呼說：「原來是林爺子！」

這下志達明白了，林爺子摸清楚陳家夫妻的底細，先偷了蘿蔔乾，又偷了萬紫千紅香，最後偷走了黃金。

「走，我們去找他，叫他把黃金交出來。」陳興盛說。

「人海茫茫要怎麼找？」志達問。

「依林爺子揮霍的個性，一定會把到手的錢財花掉。不過用金子買東西太過招搖，我猜他會先去黑市把黃金換成銀子。」陳麻婆說，「我們到黑市去問。」

「沒錯，吃飽飯就走。」陳興盛說。

三人匆匆吃過飯，便離開吳府。

黑市？志達感到十分好奇。是不是在深深的暗巷裡面，一群人蒙著臉不言不語的交易，只以眼神和暗號溝通？或者是像卡通裡流浪的吉普賽人那樣，讓人進到帳篷內，薰著奇特的白煙，說著神祕詭異的話語？

他們來到一棟洋樓前停下，那洋樓四面都是石頭砌成的，有三層樓高，牆上高處都留有槍眼，底下那包覆著銅皮的大門顯得戒備森嚴。

「這是什麼地方？」他好奇的問。

「成都最大的錢莊。」陳麻婆回答，然後帶他繞到後門去。

陳麻婆敲了門，一會兒後有人開門接應，帶他們爬上一道木梯來到二樓。但他們才剛上去，底下立刻有人把梯子拿走，讓他們下不去。

「這……」雖然以志達的輕功，區區一點高度難不倒他，但他仍感到疑惑。

錢莊樓上分成了好幾個房間，陳麻婆看到志達惶惑的眼神，笑著跟他說：「別緊張，二樓是存放銀錢、黃金和珠寶古董的地方，平常沒有架梯子，好阻隔盜賊宵小。若是有人上了二樓，馬上就要把梯子撤走，也是同樣的道理。」

「這裡的掌櫃是我華山派的師妹，儘管安心。」陳興盛說。

「是錢莊也是黑市？」志達在心中大呼不可思議。

「師兄，師姐，沒想到今天還有新客人。」一個女人的聲音從裡邊傳來。

「師妹，這位小俠是我的救命恩人。我們前晚去江富翁家，我被江家的家丁打傷，是他救了我。」陳興盛說。

一位容貌姣好的女子從裡面出來，指著一張凳子說：「小俠請坐。」

志達坐下來，陳麻婆搶話說：「林爺子有沒有來這兒換銀子？」

「有，今天一開門他就來了。」女掌櫃確切的說，「我換成銀兩給他，賺了一成。」

「可惡！果然是他。」陳興盛生氣的握拳。

「師兄，師姐，這不打緊，你們可能還不知道，你們偷錯了人家，現在百里之外的江家和江家附近的鄰里，都對你們罵聲連連。」女掌櫃的說。

「怎麼會這樣？」陳興盛和陳麻婆都十分錯愕。

「那江老爺是個孝子，平日樂善好施，鄰里鄉親都很敬重他。他的母親重病，那一袋金元寶原是要用來支付來自西藏的名藥天山雪蓮，為他母親治病用的。」女掌櫃的說。

「你怎麼知道這件事？」陳麻婆問。

「昨天一早藥商已專程將藥送到江家，但江家拿不出說好的銀兩，便請藥商先回到客棧歇息，江老爺派人拿了房契地契，快馬來我錢莊借錢。我借了錢給他們，但藥商卻收到別處的消息，有其他人要以六十兩黃金收購，他便去找那新買家了。」

女掌櫃嘆口氣繼續說，「今日一早，江家的管家拿了錢來還我，哭哭啼啼的，說昨日下午江母病重不治，江老爺哀痛逾恆，認為自己對不起母親，十分不孝，竟也跟著上吊去了。」

「怎麼可能？我們調查過了，江老爺苛扣佃農，作威作福，鄰里都很討厭他。」陳興盛鄭重的說。

「你說的那個人是住在江家附近，隔五條街的姜家。」女掌櫃說。

「什麼跟什麼？」志達納悶的說，「我怎麼聽不懂呢？」

「你們偷的是江河日下的江家，作威作福的是姜太公釣魚的姜家。」女掌櫃進一步說明。

「原來我們搞錯了！」他們夫妻不約而同從凳子上跳起來，面面相覷，後悔不已。

志達在一旁也難過得說不出話來。

第十六章 第三道神菜

在問清楚原委後，志達跟著陳興盛夫婦落寞的離開了錢莊。

「我們一定要找到林爺子，把剩下的銀子要回來，拿回去江家歸還。」陳麻婆咬牙切齒的說，似乎把滿腔的愧疚轉為對林爺子的憤恨，好讓自己好過些。

「我們對不起江家，害他們一日之內失去兩條人命，就算歸還一百兩黃金，也無法彌補罪孽。」陳興盛悔恨交加的說。

志達不知該怎麼安慰他們，畢竟兩條人命真的不是金銀財寶換得回來的。

「林爺子素來愛喝酒，這會兒拿了錢，一定花天酒地去了。」陳麻婆生氣的說。

「啊——」陳興盛大吼一聲，悶著頭往前奔跑。

這時夕陽西下，天空中的五色雲彩燦爛美麗，可惜三人皆無心欣賞，心中一片戚然。

天色漸漸暗下來，城內家家戶戶亮起了燈火，他們找遍成都府的酒樓，都沒有林爺子的蹤影，只好出城繼續尋找。

就著星光，三人施展輕功前往附近的縣城，找了好久，終於在白沙鎮找到了林爺子。他果然在酒樓裡喝酒，桌上大魚大肉，還請了一群酒肉朋友同歡。

「林爺子，交出銀子。」陳麻婆一見到他就上前表明來意。

「誰找我林大爺？」林爺子瞇著眼，滿臉通紅噴著酒氣，醉醺醺的說。

「可惡！」陳興盛怒不可抑的衝向他，一個拳頭朝他下巴打去。不料林爺子雖然帶著酒意，揮手便包住陳興盛的拳頭，並順勢往下一壓，讓陳興盛一個踉蹌差點摔倒在地。

一旁的酒肉朋友看見開打了，紛紛一哄而散。

「喝醉酒還能出招？」陳麻婆驚訝的說。

「你不知道官灶派的琴掌七式加上老酒的勁道，可以變成醉掌七式嗎？哈哈哈！」林爺子得意的說。

「看我的櫻花掌。」陳興盛繼續出招，雙拳飽滿快速狠打，猶如櫻花怒放。

「就用松風掌來掃你的滿樹櫻花。」林爺子身子一仰，對空連揮五掌，陳興盛的雙手便被拳風帶著繞圈旋轉，宛如纏入龍捲風裡，人也摔上牆壁。

「吃我蓮花拳。」陳麻婆五指併攏如含苞的蓮花，專往林爺子的臉上攻擊。

「我用醉醺醺的流水掌送你一片洪水，叫你蓮花流水漂。」

林爺子突的躍起撲向陳麻婆，把她雙拳壓制下去，又回敬她一個推掌，陳麻婆被震退了五尺。

「難怪你一個人就可以做出一桌徽菜，原來你功力深厚，深藏不露，我們相處多年，竟然都不知道。」陳興盛掙扎著起身後說。

志達看不下去了，氣憤的打出全脈神功。先是右掌朝林爺子的心口進攻，林爺子隨手來擋，志達同時快打左掌，瞄準他右側的胃經。

「啊！」林爺子感到右腹疼痛，伸手去摸。趁他抬手的空檔，志達轉身，一個手肘朝他腋下頂去，他又叫了一聲，摔在地上。

「你這個小子竟然功夫了得，我太輕敵了。」林爺子躺在地上，用雙手頂住上身，雙腳高舉在空中踩著七星步朝志達而來。那是七步成詩腿，志達也連忙出腿去對付，不料林爺子功力深厚，加上烈酒的後勁，腿上使出的強烈氣旋使志達失去重心，跌出一丈之外。

林爺子狠狠的說：「你們不是劫富濟貧嗎？我也是窮人，我偷你們的金元寶又有什麼錯？你們偷了一個貪官，世上還有千千萬萬個貪官，他們非但不會因此變窮，還會繼續狂徵暴斂，搜羅更多錢財把失去的補回來，最後倒楣的依然是被剝削的老百姓。你們這不是助人，是在害人。我問你們，你們劫富濟貧那麼久了，有看到哪一個貪官變成清官了嗎？」

陳興盛和陳麻婆一聽十分震驚，啞口無言。

「你們去偷盜時我暗中跟蹤多次，你們都沒有發現。要說起武功修為，我比你們更有條件，但我也從沒去偷盜富貴人家的錢財占為己有，你們有什麼臉說自己是義賊！」林爺子從懷中掏出兩個袋子，往地上一丟又說：「萬紫千紅香還給你們，剩下的銀子也還給你們，來不及花完，可惜了。」

林爺子說完便朝窗外一跳，輕功躍上屋頂，不見蹤影。

雖然要回部分的錢財，但三人猶如鬥敗的公雞，回程的路上不發一語，默默回到住處，安靜的睡去。

隔天早上，他們一同去吳府做菜，但除了工作上的交辦指揮少有交談。陳興盛不知是挨了林爺子的掌風，還是沒有睡好的緣故，精神很差，額頭上頻頻冒汗。

一直到了傍晚工作結束後，陳麻婆才跟志達說：「我們想把錢還給江家，但是我們沒臉回去，加上陳大哥身體不舒服，不知能不能請你幫忙把黃金送回去？」

「沒問題，可是我們前晚分送掉大半的錢財，現在剩不到一半，該怎麼辦？」他疑惑的問。

「這些銀子留下，待會兒我就去向師妹借錢。」她慚愧的說。

之後陳興盛先回家休息，志達跟著陳麻婆去到錢莊借錢。陳麻婆獨自上樓，志達在樓下等待，不久後陳麻婆帶著一袋黃金下來交給志達。出乎意料之外，這袋黃金竟然有一百兩。

「這多出的五十兩是跟師妹多借的，希望能彌補一些我們的虧欠。」陳麻婆神色黯然的說。

「我該向江家人說明事情的來龍去脈嗎？」志達說。

「不用，我寫了封信，跟黃金一起放在袋子裡，裡頭說明了一切。」陳麻婆眨著眼睛，不自覺流下眼淚。

「我明白了。」志達嚴肅的說。

陳麻婆為他指引了江家的方向，他趁著天色未暗即刻出發。

志達施展輕功沿路奔馳，涼風在耳邊呼呼響著，心中五味雜陳。劫富濟貧原是為了展現公平正義，如今卻因一場誤會造成人間悲劇，真是叫人難過。

來至江家已是黑夜，他在屋頂觀察，在布置成靈堂的前廳，一個婦人帶著兩個小孩在那邊燒著紙錢。他用迅雷不及掩耳的速度躍至婦人面前，留下裝著黃金的袋子，接著又迅速離開，完全沒給她反應的空檔。

這一來一回速度極快，少了陳興盛，他在一個小時左右便完成了任務。

一回到陳家屋子，志達竟聽見陳興盛在痛苦呻吟，原來是他臉上的毒瘡發作了。

「怎麼辦？怎麼辦？」陳麻婆來回踱步，急得像熱鍋上的螞蟻。

「我只想早點解除痛苦，你用刀將毒瘡挖掉吧。」陳興盛痛苦的說。

「我也想啊，但一碰到你的臉，你就痛苦的叫個不停。」陳麻婆說。

「我可以壓著陳大哥的身體，讓他不要亂動。」志達提議說。

「我還是做不到，只要看到他痛苦的表情，還有哀號的聲音，我就無法動刀。」陳麻婆忍不住哭了。

「我還記得十多年前師父臨死前提到，華佗為人開腹洗腸時，用來麻痺病患的『麻沸散』，它的配方裡有兩個主要原料：烈酒和花椒，你還記得嗎？」陳興盛虛弱的說。

「記得，師父還說除了烈酒和花椒似乎還有三個原料，再配合病人的陰陽虛實去加減配藥。可惜華佗被曹操殺了，沒能留下方子。」陳麻婆難過的說。

「事到如今，你不妨讓我吃下烈酒花椒，拼著一死，我也要把這毒瘡除掉。反正活著也是折騰，大不了一死，也可以免去受它折磨。」陳興盛堅定的說。

「陳大哥不是不能喝酒嗎？」志達急忙提醒。

「是啊，大夫的確有提醒過，喝了酒會讓引發癲症，危害性命。」陳麻婆進退維谷，皺著眉心低頭苦思，不久她忽然興奮大叫：「有了！既然不能用酒，我們就用大量的花椒，混入可消炎退火的豆腐中，讓興盛含在口中。花椒會讓臉頰麻痺，麻到失去知覺，我就可以放心的動刀了。」

「值得一試。」志達覺得是個辦法，「家裡有花椒嗎？」

「吳府的灶房裡有很多花椒，另外還有五籠豆腐上了麴，我這就去拿。你先幫我顧著陳大哥，我去去就來。」陳麻婆叮囑他後出門而去。

在等待的空檔，志達也沒閒著，施展全脈神功讓陳興盛儘量舒服一些。

不久陳麻婆回來了，帶回一袋花椒，一袋豆腐，還拿著一把小刀。

「我剛才已經把豆腐洗過，把刀子磨利了。」

「是畢總管幫你開門的嗎？」志達好奇的問。

「志達說笑了，別忘了我們是鴛鴦大盜，半夜闖進宅邸可是我們的專長啊！」陳麻婆調皮的笑著。

志達真服了她，這時候還有心情開玩笑。可是看她低迴的眼神，他知道陳麻婆是藉此放鬆緊張的情緒。

陳麻婆把花椒和豆腐放進大缽裡搗爛，然後讓陳興盛含在嘴巴裡，過了一會兒，她用刀尖去輕觸他臉頰，測試他有沒有知覺。

這一招似乎奏效，大約半小時後，陳興盛滿臉通紅，眼睛逼出熱淚。陳麻婆用刀尖輕刺他臉頰，他搖頭表示已經沒有知覺。陳麻婆不放心，還用手指去捏沒有毒瘡的另一側臉頰，陳興盛也是搖頭。

「好，那麼我要開始了。」陳麻婆謹慎的說。

她用火燒刀子，燒到刀尖都發紅了。

「志達，你扶陳大哥坐起來，讓他不要亂動。」陳麻婆說。

志達依言照做。

「來了……」陳麻婆小心翼翼的把退了紅的刀子慢慢挨近陳興盛，她皺著臉閉氣，刀子在她手中不停的抖動著。

陳興盛緊盯著刀子朝他越來越近，當刀尖割進臉頰時，他連忙把眼睛一閉。

「啊——」

一聲慘叫響徹雲霄，可把志達的魂都嚇飛了。

但尖叫的人不是陳興盛，而是陳麻婆，她巴巴的睜著眼睛，淚水在眼眶裡打轉。反而陳興盛十分鎮定，一動也不動，似乎已經看破生死，決心和毒瘡共存亡。

刀尖一從毒瘡中間劃開，紅黑色的毒血便汩汩流出，陳麻婆早已準備乾淨的棉布，拿在手上去吸毒血，直到血液呈正常的鮮紅色為止。

「好了。」陳麻婆鬆了一大口氣，放下高聳的肩膀，瞪大的眼睛也變得柔和，嘴角也向上彎起來。

陳興盛的臉頰雖然還發紅發腫，但是毒瘡已經消下去了。他張開眼睛，作勢要起身，志達忙鬆開雙手還他自由。

他站起來把嘴裡的花椒豆腐吐進一個空缽裡，然後說：「太好了，到現在臉頰還是麻的，感受不到疼痛。」

「快躺下來休息。」陳麻婆說。

陳興盛聽話的躺下來，陳麻婆拿另一塊乾淨的棉布來蓋住傷口。

「看起來很成功，太好了。」志達欣喜的說。

陳麻婆也露出燦爛的笑容，油燈下閃爍著欣喜的神采。

但才過了一會兒，陳興盛卻連聲喊疼：「哎呀！傷口好痛！」

「看樣子是花椒的效用退了。」陳麻婆連忙拿一份新做的花椒豆腐過來，餵興盛含一口在嘴裡，才漸漸不再呻吟。

這一夜很快過去。天亮後，三人又去吳府上工。

林爺子跑了，陳興盛體力虛弱需要休息，因此由志達扛起一大半的工作。陳麻婆憑著印象負責不甚熟悉的徽菜，而志達則在她的指揮之下料理川菜，彼此辛苦合作，倒也都能順利完成。

接下來幾日，陳興盛的臉頰仍會疼痛，陳麻婆為了給他止疼，拿花椒豆腐當作他的日常飲食。又因為傷口復元需要營養，於是在豆腐中加入牛肉末，才不過短短兩天，陳興盛的臉頰已經消腫，而且開始結痂了，體力也恢復了八成。

有天他們忙完灶房的工作、吃著晚飯時，陳興盛有感而發的說：

「其實想想，林爺子的話何嘗沒有道理。我們雖然劫富濟貧，自認行俠仗義，可是能改變這個社會多少呢？富人還是富，窮人也不會因為一、兩次的接濟而脫離貧困。俗話說：救急不救窮，我們做的事對窮人來說幫助並不大啊！」

「是啊。我們雖然厭惡貪官汙吏對百姓巧取豪奪，但我們偷盜也是掠奪，這兩件事都不對。而且還有可能像這次劫錯對象，害了好人，那跟陷害忠良是一樣糟糕的事。」陳麻婆也感慨的說。

志達在一邊安靜傾聽，想起方叔叔之前對劫富濟貧的評價，終於明白其中的道理。

「林爺子說我們可能會害百姓更加痛苦，我這幾日想了想，覺得很有道理。人性貪婪，富人和窮人都一樣，富人被奪會加倍從百姓身上要回來彌補損失，窮人被接濟，久而久之也可能產生依賴的心理，這些都是我們以前沒有想到的。」陳麻婆又說。

「老婆，你把花椒豆腐炒了牛肉末之後，真是美味極了。與其劫富濟貧，不如我們離開府邸，到外面去擺攤、做點小食。我們跟百姓們生活在一起，只收窮人少少的錢，讓他們吃得飽，再看看誰真的有急需，用做生意賺的錢幫助他們，你覺得怎麼樣？」陳興盛問。

「你這想法挺好，我也不想再過那種暗夜中逃亡，害怕被人追殺的日子。只不過這肉末豆腐味道太清淡，應該加點佐料，增加它的滋味才有賣相。」陳麻婆提出建議，卻也是個疑問。

陳興盛一邊環顧灶房，一邊思索，不久他站起來走到櫃子旁拿出一個罈子說：「這一罈郫縣有名的特產豆瓣醬，平常拿來炒回鍋肉，又香又辣非常下飯，不如就跟花椒肉末豆腐炒在一起，再加上蔥花和香油。你覺得怎麼樣？」

「別光說不練，現在就來試試。」陳麻婆在留有餘溫的爐灶加入薪柴，起油鍋，按照丈夫的話重新炒製了一大盤新菜。

「好香！太香了！」志達聞著氣味，忍不住大聲誇讚。

新菜上桌，三人坐下來，各舀一碗品嚐。

「哇！這味道太美妙了。」

「又香又麻又辣又鮮甜，太有滋味了。」

夫妻兩人興奮的站起來，滿臉驚喜，讚不絕口。

其實從小到大，志達不知吃過多少麻婆豆腐，並沒有特別的期待，不過入口之後，仍然令他口舌一新，驚為天人。那豆腐是以清冽的泉水製成的，那豆瓣醬是最有名道地的，在這沒有農藥和化學肥料汙染的古代，什麼食材都是有機的，料理在一起的滋味就是天然濃純，風味十足。

不只如此，他心中還浮起一種特殊的體會：「澈悟之美」。

「咱們去北門市集賣這道菜吧，那兒都是拉車、扛貨、洗衣、打雜的窮苦人。」陳麻婆說。

「好，我這就去跟畢總管說這件事。」陳興盛說完便往前廳走去。

志達看了看兩人，欣慰的走出灶房，唸出祝融通古神咒，敲擊軒轅石。

第十七章 神祕的大樓

回到安養院，志達在心中想著「澈悟之美」四字，不久意念引發內力竄入肺臟和大腸，只覺得胸口和腹中都熱脹起來，接著不自覺的打出一套奇特的功夫招式，全脈神功第三式。

陳淑美在一旁欣慰的看著志達練功。

習得神功之後，志達趕緊去採買材料，回到阿姨家炒出一盤麻婆豆腐，帶到安養院餵給媽媽吃。

媽媽吃完之後，志達幫她運功，不久便修復了她的肺經和大腸經。

「呼！」陳淑美用力呼氣，「我覺得肺活量變大了，小腹那邊似乎也恢復知覺，有氣在滾動。」

「太好了。」看到媽媽身體好轉令志達喜出望外。

志達和媽媽在安養院裡閒聊了一會兒，志達想起這次找到神菜的經過，對媽媽提議：

「對了，媽，既然軒轅石能提供你訊號，給你神菜的靈感，那麼就把石頭留在你身邊，讓它提示你另外兩道神菜。」

志達把軒轅石拿給陳淑美，她卻不好意思的說：「不！其實我對你撒了謊，第三道神菜的提示並不是來自軒轅石，而是已故的前幫主湯之鮮。把石頭留在我這兒並沒有用處，還是由你保管才好，但是你答應媽媽，你只會用它來學習全脈神功，好嗎？」

「什麼？已故的前幫主？我聽不懂。」志達困惑的說。

陳淑美便把自己的擔憂，和湯之鮮來找她借軒轅石的事情，全都告訴志達。志達聽得目瞪口呆，感到不可思議。

「湯前輩還查到，擁有蚩尤石的那個主上姓『曹』，是《紅樓夢》的作者曹雪芹的後代子孫。」

「這麼說來，我們可以從這條線索查出主上的身分。」志達想了想，問說：「媽，你有得罪過姓曹的人嗎？」

「我想過了，應該沒有。我們家的親戚裡沒有姓曹的，當然遠親就不知道了。朋友、客人裡面多少會有吧，但就算有曹姓的客人，我們平日待人和睦，也不可能跟他們結仇啊！」

「不，那個主上會厲害的武功，他不是一般人，很可能是我們灶幫的人。」

「這我也想過。」媽媽又說，「灶幫的幫員遍布全球，當中一定有姓曹的人，但我不一定認識啊！」

「那些長老們呢？」志達又問，「有人姓曹嗎？」

「在幫中德高望重的，或是聚會上說得上話的，都不姓曹。」媽媽皺眉不停搖頭，「唉！真是傷腦筋。」

「媽，你不用煩惱，你只要好好的養病。我會查個水落石出的。」志達不忍心看媽媽煩惱，貼心的說。

「你如果有發現什麼可疑的人物，就告訴阿姨和姨丈，讓他們去調查。千萬不要自己跑去調查，不然我會擔心到睡不著覺，吃不下飯。」陳淑美擔憂的說。

「我會的。」志達說。

「好了，忙了那麼久，你也該回去睡覺了。」

「好。」

這一夜確實很疲倦，志達回到阿姨家後很快就進入夢鄉。第二天一到學校，他顧不得班上還在早自修，就跑去隔壁班找羽萱出來說話。

「羽萱，我昨晚已經練出全脈神功第三式，並且修復了我媽的肺經和大腸經了。」志達高興的說。

「哇！太棒了。」羽萱也替他開心。

「我媽昨晚提供我一條很重要的線索。」他把媽媽從湯之鮮前幫主那裡獲得的線索轉述給羽萱聽。

「主上姓曹？曹雪芹的後代？」羽萱驚訝的問。

「沒錯。」志達點頭，「我媽想了半天，沒有想到什麼特定的人。」

「你呢？你有想到誰嗎？」

「我？我每天上學、放學，跟老師和同學在一起，就算他們之中有人姓曹，也不可能是會五毒陰功的主上吧！」志達笑著說。

「對。」羽萱說，「我們應該調查灶幫的幫員，或者是五大門派的人。我今天放學後來問問我爸爸，也叫繼程問問他外公，他們大人人脈廣闊，一定能提供一些名單。」

羽萱說著，拿出手機在「少年廚俠」群組裡留言。

「繼程看到了，他說沒問題。」羽萱高興的說。

「你讀過《紅樓夢》嗎？」志達忽然提問。

「讀過呀，我很喜歡這本書，怎麼了嗎？」

「為什麼蚩尤石會流落到曹雪芹的後代子孫手上呢？」

「嗯，我只知道這本書本來叫做《石頭記》，不知道有沒有關連？」羽萱說。

志達想了想，便拿出自己的手機，說：「我來查一下曹雪芹的生平。」

「我也來查。」羽萱說完也滑起手機。

「有了，我查到了。」志達說。

「我也在看資料了。」羽萱說。

兩人認真的研讀，不久後不約而同皺起眉頭。

「不對呀！資料上說曹雪芹唯一的兒子三歲就死了。」羽萱疑惑的說。

「我也看到了，這裡還說他因為悲傷過度，也在同一年病死了。」

「所以他並沒有後代啊！」兩人異口同聲的說。

噹——噹——

第一節上課鐘聲響起，兩人只得失望的收起手機，準備進教室上課。

「嗨！志達，方羽萱。」劉安南從前方走來，對兩人打招呼。

「你這個遲到大王，現在才來。」羽萱望著他笑說。

「哪有？來得及上第一堂課，不算遲到啦。」安南嘻皮笑臉的說。接著他像是想起一件事，表情立刻變得嚴肅起來。「對了！志達，我要跟你講一件很重要的事。」

「什麼事？」志達好奇的問。

「昨天放學後，我媽要我陪她去拜訪我阿姨，我就跟她一起去了。那是我的親阿姨，比我媽早兩年嫁來臺灣。」安南說。

「然後呢？」志達說。

「就是之前，我不是中了什麼毒蜘蛛的魔毒嗎？我半夜夢到有聲音在指引我，不知不覺去到一棟金碧輝煌的大樓，大樓底下有野獸的號叫聲，那聲音不像是警告我別靠近，反而好像在召喚我……」

「講重點，要上課了。」羽萱催促說。

「然後……該怎麼說？」安南整理一下思緒後說：「總而言之，我昨天跟我媽搭公車去阿姨家，半路上看到一棟建築物，跟我在夢中看到的怪異大樓，外觀一模一樣。」

「啊！」志達和羽萱驚愕的面面相覷。

（第三集全文完）

少年天下系列 —— 048

少年廚俠 3：消失的魔石

作　　者｜鄭宗弦
繪　　者｜唐唐

責任編輯｜李幼婷
封面設計｜黃聖文
內頁排版｜極翔企業有限公司
行銷企劃｜葉怡伶

天下雜誌群創辦人｜殷允芃
董事長兼執行長｜何琦瑜
兒童產品事業群
副總經理｜林彥傑
總監｜林欣靜
版權專員｜何晨瑋、黃微真

出版者｜親子天下股份有限公司
地址｜台北市 104 建國北路一段 96 號 4 樓
電話｜（02）2509-2800　傳真｜（02）2509-2462
網址｜ www.parenting.com.tw
讀者服務專線｜（02）2662-0332　週一～週五：09:00~17:30
讀者服務傳真｜（02）2662-6048
客服信箱｜ bill@cw.com.tw

法律顧問｜台英國際商務法律事務所 · 羅明通律師
製版印刷｜中原造像股份有限公司
總經銷｜大和圖書有限公司　電話：（02）8990-2588

出版日期｜ 2019 年 2 月第一版第一次印行
　　2021 年 9 月第一版第十四次印行
定　　價｜ 280 元
書　　號｜ BKKNF048P
I S B N ｜ 978-957-503-272-2（平裝）

訂購服務
親子天下 Shopping ｜ shopping.parenting.com.tw
海外 · 大量訂購｜ parenting@cw.com.tw
書香花園｜台北市建國北路二段 6 巷 11 號　電話（02）2506-1635
劃撥帳號｜ 50331356 親子天下股份有限公司

國家圖書館出版品預行編目資料

少年廚俠 . 3, 消失的魔石 / 鄭宗弦文 ; 唐唐圖
. -- 第一版 . -- 臺北市 : 親子天下 , 2019.02
216 面 ;14.8X21 公分 . -- (少年天下系列 ; 48)

ISBN 978-957-503-272-2(平裝)
859.6　　107022834

立即購買 >
親子天下 Education · Parenting · Family Lifestyle
親子天下 Shopping
親子天下 有聲故事書